La panza del Tepozteco

JOSÉ AGUSTÍN

La panza del Tepozteco

Ilustraciones de
Agustín Ramírez

Prólogo de
Francisco Hinojosa

Textos conmemorativos de
Antonio Malpica, Fernanda Melchor, Emiliano Monge,
Agustín Ramírez, Andrés Ramírez,
Jesús Ramírez-Bermúdez, Ana Romero

Fotografías de
Kim Manresa

ALFAGUARA

El papel utilizado para la impresión de este libro ha sido fabricado a partir de madera
procedente de bosques y plantaciones gestionadas con los más altos estándares ambientales,
garantizando una explotación de los recursos sostenible con el medio ambiente y beneficiosa para las personas.

Penguin
Random House
Grupo Editorial

La panza del Tepozteco
30 aniversario

Primera edición de aniversario en Alfaguara: octubre, 2022

D. R. © 1992, José Agustín Ramírez

D. R. © 2022, derechos de edición mundiales en lengua castellana:
Penguin Random House Grupo Editorial, S. A. de C. V.
Blvd. Miguel de Cervantes Saavedra núm. 301, 1er piso,
colonia Granada, alcaldía Miguel Hidalgo, C. P. 11520,
Ciudad de México

penguinlibros.com

D. R. © 2022, José Agustín Ramírez Bermúdez, por las ilustraciones de interiores
D. R. © 2022, Kim Manresa, por las fotografías de interiores

D. R. © 2022, Francisco Hinojosa, por el prólogo
D. R. © 2022, Antonio Malpica, por "Onda con los chavos"
D. R. © 2022, Fernanda Melchor, por "La desmadrosa y entrañable voz narrativa de José Agustín"
D. R. © 2022, Emiliano Monge, por "La cueva de las transformaciones"
D. R. © 2022, José Agustín Ramírez Bermúdez, por "Retorno a la Montaña Sagrada (Sobre los hombros de gigantes)"
D. R. © 2022, Andrés Ramírez, por "El Tepozteco como mantra"
D. R. © 2022, Jesús Ramírez-Bermúdez, por "El tren de los hijos"
D. R. © 2022, Ana Romero, por "Las orejas de José Agustín"

ISBN: 978-607-382-089-9

Impreso en México – *Printed in Mexico*

A Tino recién salido de estos territorios, y a
Carlitos Frontera Lloreda

Índice

EDICIÓN CONMEMORATIVA

Prólogo

Escribir sobre José Agustín es hacerlo sobre las muchas facetas que lo habitan y que conviven en plena armonía. El joven que a sus diecisiete años se casó con Margarita Dalton (matrimonio que duró un mes), con el fin de que ambos se convirtieran en adultos y así poder viajar a Cuba para incorporarse al plan de alfabetización de la isla. El que a los diecinueve contrajo matrimonio con Margarita Bermúdez, su compañera de toda la vida y madre de sus tres hijos. El que a los veinte publicó su primera novela, *La tumba* (1964), que impactó de inmediato, especialmente a los lectores adolescentes, que corrieron la voz para ser oída por aquellos que no solían tener un libro en las manos: los cuativó su lenguaje coloquial, desenfadado, con una temática juvenil que dejaba de lado los tabúes impuestos por la literatura "seria" dirigida a ese sector: consumo de tabaco y bebidas alcohólicas, sexo, aborto, suicidio. Sin duda alguna creó a muchos lectores justo en la década en la que la juventud empezó a ser protagonista de nuestra historia. Aunque yo era aún muy chico para leerlo —tenía diez años, justos los que me lleva José Agustín—, empecé a escuchar de él gracias a unos amigos de mis padres. Poco más tarde, en la prepa, me inicié en la literatura con *Crimen y castigo*. Ese libro me convirtió en lector de tiempo completo y presté atención a lo que algunos de mis compañeros decían, casi a escondidas, en una escuela cuya única preocupación era hacer proselitismo católico: "Tienes que leer a José Agustín". Supe entonces que su obra había entrado con la fuerza de un huracán categoría cinco y que su potencia no se iba a disipar. He de reconocer que quien más me llevó a leerlo y disfrutarlo fue Juan Villoro.

Escritor incansable y apasionado, publicaría dos años más tarde *De perfil*, igualmente irreverente de acuerdo con los cánones preconizados por la élite literaria y seguramente por la Academia de la Lengua, a la que incomoda mucho la libertad de los escritores y hablantes de darle vida al lenguaje. Pero sus lectores estaban en otra parte, lejos de esa crítica inquisitorial que intentaba ignorarlo, salvo muy contadas excepciones. Le seguirían otras ocho novelas, entre las que destacan, para mí, *Se está haciendo tarde (final en laguna)*, *Ciudades desiertas*, *Cerca del fuego* y *Vida con mi viuda*.

Su prolífica obra abarca también varias reuniones de cuentos (una buena antología es la editada por la UNAM en 1999: *Cómo se llama la obra*), ensayos (entre los cuales sobresalen los tres volúmenes de la *Tragicomedia mexicana*, que abarcan los años de 1940 a 1994, y que pone bajo el microscopio de la ironía y la crítica la vida política, social y cultural de nuestro país), dramaturgia y guiones de cine (*Ahí viene la plaga*, en coautoría con José Buil y Gerardo Pardo, y *El apando*, escrito en conjunto con José Revueltas). A este propósito, la vena cinematográfica de José Agustín va más allá: además de contribuir como guionista de películas y cortos, dirigió sus propias producciones.

Falta por supuesto hablar del melómano, especialmente del rockero, pero con una cultura musical que abarca muchos géneros y épocas. En una buena parte de sus novelas y de sus cuentos se pueden escuchar como música de fondo las piezas que va mencionando, desde Stravinski y Strauss a Elvis y los Rolling Stones. Su escritura parece estar acompañada siempre por una melodía, una canción, una partitura. De allí que su narrativa suene en el lector como un concierto. En *El Hotel de los Corazones Solitarios* escribe sobre sus múltiples gustos rockeros, del amor al desprecio: "Nina Simone, grita por mí…; Janis Ian, no aprendiste…; Patti Smith, madre de los que volvieron para contarlo…; Rocío Dúrcal, muérete…; Julieta Venegas, vénganos tu reino…; Yoko Ono, tú aúllale, no hay pedo…". Sin embargo, el libro habla más de sus gustos que de sus desamores: coinciden en él desde Janis, Dylan, Cohen, Procol Harum y Zappa, hasta Álex Lora y su Tri, Rockdrigo, Ry Cooder y el Buena Vista Social Club y Molotov. Aunque yo no puedo leer o escribir con música, al leerlo resuenan en mi cabeza las piezas que conozco, que no son muchas dado el amplio abanico de su cultura rockera.

Me imagino a José Agustín muy divertido frente a su máquina de escribir, con sonrisas eventuales, con risas espontáneas y con carcajadas que no puede contener. Dueño de una escritura que transmite alegría, que mantiene al lector con tensión y que también funciona como espejo: de alguna u otra manera allí estamos, entremezclados con sus personajes.

Otro aspecto que está presente en su obra es la contracultura: no podía ser de otra manera. El libro que le dedica al tema (*La contracultura en México*) explora todos los movimientos surgidos en nuestro país, desde los pachucos (que migraron a Los Ángeles, pero que tuvieron su origen en un mítico personaje mexicano apodado "El Pachuco"), los existencialistas de los años cincuenta, los *beatniks* y los rebeldes sin causa, hasta los consumidores de alucinógenos, los jipis y jipitecas, los punks y los dark.

En una videoentrevista breve que le hace su hijo Andrés, le pregunta:

–¿Cómo se siente que te hagan homenajes?

–Se siente de la chingada…, ¿por qué hacen esas cosas conmigo… si yo siempre me he portado bien…?

Acostumbrado a vivir al margen, puede ver todo lo que sucede sin ensuciarse las manos: ve el bosque más que el árbol.

En 1992, en el marco "conmemorativo" de los quinientos años del descubrimiento de América, la editorial Alfaguara convocó a escritores de distintas naciones en las que tiene presencia a que escribieran una novela para lectores jóvenes, entre fines de la primaria y principios de la secundaria. En ese entonces escaseaban en México los autores de Literatura Infantil y Juvenil. La filial de nuestro país convocó a José Agustín (*La panza del Tepozteco*), a Bárbara Jacobs (*Las siete fugas de Saab, alias el Rizos*), a Juan Villoro (*El profesor Zíper y la fabulosa guitarra eléctrica*, primero de una saga que aún continúa) y a mí (*Una semana en Lugano*). El tema era libre: no había la imposición de tocar la trama de la llegada de Cristóbal Colón a nuestro continente ni las secuelas que lo acompañaron.

Quién mejor que José Agustín para llegar a ese público. Los protagonistas de la historia, que bien pueden estar emparentados con muchos de los que pueblan el planeta de su literatura, son siete adolescentes chilangos que se aventuran en un fin de semana largo a subir el Tepozteco. Pancho (amigo de Alaín, uno de ellos), quien es nativo del lugar e hijo de una curandera, los convence de tomar otro camino en el cual, gracias a un deslave reciente, ha encontrado una caverna, o más bien: un portal que puede trasladarlos a otro sitio desconocido y más atractivo que la pirámide tan visitada por turistas. La primera señal de que algo distinto está por suceder es la imagen de una serpiente devorándose a sí misma. Aunque oscura y llena de túneles sinuosos, al final se encuentran con un paisaje tan irreal como paradisiaco poblado por los antiguos dioses prehispánicos: el santuario en el que Tezcatlipoca, Tláloc, Huitzilopochtli, Coatlicue y Quetzalcóatl, entre otros, inician una pelea en la que están de por medio las vidas de los jóvenes que desafían el peligro.

Entre la novela de aventuras y la de terror, *La panza del Tepozteco* exhibe la confrontación de dos mundos: el que corresponde a la vida cotidiana de los jóvenes osados y el que atañe a las deidades aztecas, que se manifiestan en toda su plenitud, y su pasado ancestral, con su cultura culinaria de mole y tortillas, su olor a copal, el juego de la pelota y los sacrificios humanos.

La novela atrapa de inmediato a los lectores por su agilidad narrativa, su lenguaje cotidiano, reflejado en sus constantes diálogos, y la velocidad con la que se van desencadenando los hechos. Quienes entran a la obra de José Agustín con esta novela tienen por delante una vasta obra por explorar que en ningún momento los decepcionará.

Francisco Hinojosa

La panza del Tepozteco

I

—¡**M**ira nomás, esto está llenísimo! —exclamó Yanira, con un mohín—, ¡les dije que compráramos los boletos desde *ayer*!

—Sí, qué barbaridad —dijo el gordo Tor, bufando.

Los siete muchachos acababan de llegar a la Terminal de Autobuses del Sur, que se hallaba infestada de paseantes.

—Es por el puente —explicó Érika, con aire serio—. Los días están muy bonitos, y todos dicen ¡vámonos de la ciudad!

—Híjole —deslizó Alaín—, ¿habrá boletos?

Los siete se miraron y caminaron con prisa, cargando sus maletines, entre la muchedumbre que hacía largas colas en cada mostrador. Homero iba hasta atrás, oyendo su walkman. Llegaron a un extremo de la terminal, donde se vendían los boletos de los omnibuses Cristóbal Colón.

—¡Chin! —exclamó Yanira—, mira qué cola.

—Sí, está larguísima —dijo Érika—, hay que formarse mientras preguntamos a qué horas están saliendo los camiones.

Selene, tú fórmate —indicó a la niña más pequeña del grupo, de ocho años de edad.

—¿Yo? ¿Solita? —preguntó Selene, viendo el gentío.

—Yo me quedo con ella —avisó Tor—, yo la cuido. Yo te cuido, manita.

Selene asintió, satisfecha, y procedió a desenvolver un chicle.

—¿Quieres? —le dijo al gordo.

—Claro.

—Yo voy a preguntar a qué horas salen los camiones —dijo Alaín.

—No, yo voy —asentó Érika.

—Vamos los dos —concluyó Alaín.

Ambos avanzaron entre la gente que hacía cola y lograron llegar al mostrador.

—¿A qué horas…

—… salen los autobuses a Tepoztlán? —terminó de decir Érika, quitándole la palabra a Alaín.

—A las doce y media —respondió, hosco, el dependiente, sin verlos.

—¡A las *doce y media*? —repitieron a coro Érika y Alaín, asombrados.

—O más tarde, si no se forman ahorita —repitió el empleado—. Fórmense, chamacos, porque luego se suspenden las corridas y ya no van a poder salir.

—Pero si apenas son las ocho de la mañana, faltan tres horas para las doce y media —se quejó Érika.

—*Cuatro horas* —corrigió Alaín.

—Fórmense si quieren, escuincles.

Érika y Alaín regresaron, con paso lento, a la cola, donde se hallaban los demás.

—¿Qué creen? —empezó a decir Alaín.

—Hay boletos hasta las *doce y media* —concluyó Érika.

—¿Hasta las doce y media? —repitió Tor, incrédulo—, no se hagan los chistosos.

—No es chiste…

—¿Qué hacemos? —intervino Érika—, si esperamos *aquí cuatro* horas vamos a llegar a Tépoz quién sabe cuándo.

—A las dos de la tarde —precisó Alaín.

—¿Cuatro horas? —repitió Tor.

—¿Qué hacemos? —insistió Érika, desazonada.

—Vamos a hablarle a mi papá —propuso Tor—, me dijo que le habláramos si teníamos problemas.

—Ay, *el bebé* —dijo Érika—, no puede hacer nada sin su papito.

—Bueno, pues, a ver tú di entonces, ¿qué hacemos?

—¿Y Homero?

—Ahí está atrás, clavado con los audífonos.

—¿No quieres un bubble yum, Érika? —le invitó Selene, quien logró avanzar cinco centímetros de la cola larguísima.

—A ver —aceptó Érika.

—¡Oigan! ¡Pérense! —casi gritó Yanira, quien apareció entre la gente.

—¿Y tú dónde andabas? —le preguntó Alaín.

—Te puedes perder… —agregó Érika.

—Ésta siempre se desaparece —dijo Tor.

—Es la Yanira Solitaria —añadió Homero.

—Cállense, ¿no? ¡Déjenme hablar!

—Sí, pero no grites.

—Miren, en lo que ustedes estaban paradotes yo ya fui y averigüé lo que vamos a hacer.

Todos se le quedaron mirando unos instantes, y Yanira se hinchó de satisfacción al verlos muy atentos.

—¿Cómo, pues? —preguntó Érika, impaciente.

—¿Qué me dan si les digo?

—Ay cómo la haces de emoción…

—Bueno. Nos vamos a ir en combi.

—¿En combi? ¿Cuál combi? ¡Estás loca! —dijo Alaín.

—Salen allá afuera, abajo de las escaleras de entrada al metro. Van a Tepoztlán, a Oaxtepec y a Cuautla. Salen nada más que se llenan. Y cuestan veinte pesos por cabeza, ¿eh? —informó Yanira con una sonrisa radiante.

Todos se quedaron pasmados.

—Ah, y no son combis-combis, son microbuses, como los que ahora hay por todas partes.

—¿Estás segura de todo eso? —preguntó Érika.

—Claro.

—¿Cómo te enteraste? —intervino Alaín.

—Porque oí que unos señores estaban platicándolo en la cola. Luego les pregunté y me explicaron todo. Ellos ya se fueron a las combis. Vamos, ¿no?

—Vamos —dijo Tor, enfático.

—Momento —añadió Alaín—. ¿Qué tal si son puros cuentos? Que alguien se quede aquí en la cola, para no perder el lugar.

—Pa' qué —protestó Yanira—, en las combis sí hay lugar, y salen orita mismo.

—Que se queden Selene, Homero, Indra, el gordo y Yanira y tú —indicó Érika, sin hacerle caso a Yanira—. Yo voy a ver.

—No, yo voy —dijo Alaín.

—Vamos los dos.

—Yo quiero ir —pidió Selene—, ya me cansé.

—No, Selene, tú estás muy chiquita, tú quédate aquí —dijo Érika.

—Que no. Yo quiero ir.

—Que venga —decidió Alaín—, total, yo la cuido.

Érika suspiró, resignada. Alaín tomó a la niñita de la mano y los tres se deslizaron entre la muchedumbre en dirección de la calle.

—Siguen llegando, ¿te fijas? —comentó Alaín.

—¿Por qué hay tanta gente, Alas? —le preguntó Selene.

—Es por el puente —explicó Alaín.

—¿Por qué?

—Ay, Selene, ¿no te explicaron en la escuela? —preguntó Érika, impaciente. Ya estaban afuera, entre los numerosos autos y autobuses que pasaban, muy despacio, frente a la terminal, y se dirigían a las bases de combis que llenaban los alrededores del metro Taxqueña.

—Porque el quince y el dieciséis de septiembre son los días de la Independencia, que caen en jueves y viernes —explicó Alaín—, y luego viene el sábado y el domingo, así es que no hay clases en cuatro días y por eso todos se van a pachanguear a donde pueden.

—Igual que nosotros, mensa —dijo Érika.

Ya estaban frente a un grupo de microbuses estacionados, en torno de muchos otros y de las incontables camionetas que llevaban al pasaje hacia numerosos puntos de la Ciudad de México. Ríos de gente subían y bajaban las escaleras que llevaban al metro. Efectivamente, esos micros salían tan pronto se llenaban e iban a Cuautla y a Oaxtepec; no entraban a Tepoztlán, pero los podían dejar en la caseta.

—¡Sí, allí siempre hay coches o combis que llevan al pueblo! —exclamó Érika—. Nos vamos. Somos siete —agregó, mientras sacaba dinero de su bolsa y contaba los billetes con cuidado antes de entregárselos al conductor del microbús—. Tú jálate por los demás, Alaín. Tú te quedas conmigo, Selene.

Alaín dudó unas fracciones de segundo, le fastidiaba seguir órdenes, y más las de Érika, pero después salió corriendo entre la gente, los autos y los autobuses que llenaban de humo la mañana.

Érika y Selene subieron al microbús, en el que ya había alguna gente. Un matrimonio que parecía tener un puesto en un mercado, otro como de maestros pobres, imaginó Érika, y varios señores de distinto tipo, más bien viejos; uno de ellos hablaba y hablaba y otro lo escuchaba. Érika y Selene se acomodaron en dos bancas, y «están ocupadas», decían a los que seguían subiéndose al camión y querían ocuparlas; «sí, esas niñas pagaron siete lugares», decía el chofer que cobraba los pasajes en la puerta.

Érika miró al joven conductor con aire desafiante. Le fastidiaba que le dijeran niña, simplemente, se decía, porque ya no lo era, ya tenía trece años, ya estaba en *segundo* de secundaria, ya estaba en sus teens, como decía su mamá, y si se pintaba y se ponía los taconzotes de su hermana Myriam la dejaban entrar *en donde fuera*.

El microbús se había llenado, a excepción, claro, de las dos bancas apartadas por Érika y Selene, pero no aparecía ni Alaín, ni Tor, Indra, Homero, ni Yanira. «Ya vámonos», decían algunos de los pasajeros, impacientes. «Se está haciendo muy tarde.» «Sí, vámonos, ya vámonos, chofer.»

—¡No! ¡Espérense! —clamó Érika, angustiada.

—¿Voy a buscarlos, Érika? —le dijo Selene.

—¿Tú? ¿Estás chiflada? ¡Te pierdes! Mejor voy yo.

—¡Váaámonos!

—¿Tú? ¿Y si no regresas?

—¿Cómo que no regreso? Claro que regreso. Ay, malditos, los odio, ¿qué les habrá pasado, tú? ¿Por qué no llegan?

«Ya vámonos», insistían otros pasajeros, pero el chofer, ya instalado al volante, no les hacía caso y miraba impasiblemente el intenso movimiento de gente y combis en el metro y la terminal.

—Selenita, voy a ir a buscarlos, tú espérame aquí, pórtate de lo más tranquila y no pasa nada, los señores te cuidan, y yo voy como rayo a ver qué pasa…

Érika se interrumpió porque en ese momento se oyó un gran alboroto, y Alaín subió en el microbús.

—¡Ya llegamos! —exclamó Alaín.

—¡Qué relajo! —dijo Homero.

—¡Fue por culpa de Indra! —acusó Tor.

—¡Yo no tuve la culpa, qué!

—¡Shhhhh!

—¡Les dije que para qué nos quedábamos a hacer cola! ¡Era de lo más idiota, íbamos a irnos en la combi de cualquier manera!

—¡Ya cállense!

—¡Escuincles tardados!

—¡Vámonos!

—Siéntense, ya no hagan tanto ruido —dijo el chofer.

Todos gritaron «¡uuuuuuh!», entre risas, pero el chofer no les hizo caso, arrancó el motor del microbús y se metió como pudo entre la hilera de vehículos que avanzaba a vuelta de rueda frente a la terminal del sur. Cada vez llegaba más y más gente.

—¡Ay Dios! —exclamó Indra—, yo creí que ahí nos íbamos a quedar…

—Pero ya ves que no —dijo Alaín.

—*Les dije* que nos viniéramos todos juntos a la combi —recriminó Yanira—, no tenía caso quedarnos allá.

—No es combi, es micro —corrigió Alaín.

—Oye, Hómer, presta el walkman —pidió Tor.

—Ni te oye —le recordó Indra—, además tú tienes el tuyo.

—Sí, pero está guardado…

—Bueno, ¿y por qué tardaron tanto, se puede saber? —preguntó Érika.

—… y además el suyo está más picudo.

—Es que la mensa de Indra se fue a hablar por teléfono —explicó Yanira—. Yo le dije que no se fuera, pero siempre hace lo que se le pega la gana.

—Es que tenía que hablar… —musitó Indra, con una sonrisa apacible.

—¿Y no podías apurarte, carajo? —protestó Tor.

—¡Grasa, bolero! —se oyó atrás.

—Shhh, no digas groserías —dijo Yanira—. ¿A quién le hablaste, Indra?

—A Rubén. Le prometí que le hablaría todas las veces que pudiera.

—¡Oye! ¡Yo creí que era una llamada *importante*!

—Sí era importante…

—¿Ya oíste, Homero?

—¿Qué? —dijo éste quitándose los audífonos.

—¿Sabes por qué se tardó tanto Indra? Porque le fue a hablar *a su novio* —dijo Tor.

—Es una estúpida —calificó Homero y volvió a ponerse los audífonos.

—¿Pero por qué te tardaste tanto, Indra? —preguntó Selene—, te esperamos *siglos*, aquí los señores nos querían matar.

—¡Ya cállense! —se oyó de atrás.

—¡Parecen pericos!

—Es que todos los teléfonos de la terminal no sirven o había colas *interminables*…

—¿Y qué hiciste entonces?

—Me fui a los teléfonos del metro.

—¡Con razón no te encontrábamos! —exclamó Tor.

—¡Uuuuuuuuuh! —gritaron todos.

—¡A callar!

—¡Shhhh!

—No les hagas caso —dijo Érika a Yanira—, ellos también se la pasan güirigüiri.

—Sí —replicó Yanira—, ¿ya viste a ese viejo? Habla y habla bien enojado, ya tiene la cara toda roja.

—A que están hablando de política…

—Ay sí, qué aburrido… Oye, están padres tus pantalones, ¿son del otro lado?

—Fíjate que sí, Yani, ¿y qué crees? El viejo horrible libidinoso del director me regañó porque los llevé a la escuela, dijo que me quedan muy pegados. Ya hasta quería hablarle a mi mamá, ¡y ella fue la que me los trajo de Houston!

Las dos soltaron a reír.

—Es un idiota —concluyó Yanira.

—¿De qué hablan, eh? —intervino Indra.

—Del dírec.

—Híjole, qué les pasa, hablen de cosas *positivas*.

—Tú eres la que no tiene perdón de Dios, Indra, estos viejos nos querían linchar porque no llegaban.

—Ay, Érika, pareces mi mamá.

—¿Quieres un chicle, Indra? —invitó Selene.

—Sí, dame.

Ya habían salido de la ciudad, pero el flujo del tránsito no decrecía; en la caseta de cobro de la carretera las colas de automóviles, combis, micros y autobuses eran larguísimas. Atrás quedaba la gran mancha de contaminación de la ciudad, más visible que nunca porque frente a ellos el cielo era completamente azul.

—Oye, qué gentío —comentó Tor, mientras las muchachas estallaban en carcajadas que ameritaron los inmediatos «shhhh», «cotorras», «ya cállense» del resto del pasaje.

—A mí ya me anda por llegar a Tépoz —dijo Alaín—. Mi papá se va a cagar al ver que llego con todos ustedes.

—¡Yaaa! ¿A poco no le avisaste?

—Bueno, le dije que si podía llevar a unos amigos —respondió Alaín con una sonrisita—, pero no cuántos. De cualquier manera él me dijo: trae a quien quieras.

—Ah, bueno...

—Yo nomás te iba a invitar a ti y al Homero, pero nos oyó Érika cuando lo estábamos cotorreando en el patio grande, ¿te acuerdas?

—Sí, hombre, luego luego se apuntó.

—Y yo dije bueno pues está bien, que venga, ¿no?, y a Homero como que le gustó la idea, pero a mí se me hace que más bien le gusta la condenada flaca.

—¡Guaj! Está horrible la maldita, más ahora que le pusieron los frenos…

—Y luego Érika salió con que no le daban permiso de ir a Tepoztlán con puros *hombres*, y le dije pues traite a una cuatita, pero, caray, nunca me imaginé que invitara a Yanira y a Indra y hasta a la enanita Selene.

—Es bien buena onda esa chavita, Alas. Pero, tons qué, ¿no se enojará tu papá?

—Pues chance, depende del humor que traiga, si está de buenas, perfecto, pero, si no, de cualquier manera no hay problema porque se encierra en su estudio y no lo ve ni mi mamá.

—¿Y tu mamá?

—Ella se fue ayer. No quería que nos viniéramos solos, porque dice que estamos muy chicos todavía, ya sabes toda esa payasada. Pero yo le dije que no pasaba nada, que era facilísimo tomar el autobús para ir a Tépoz. Total, no se quedó muy contenta, pero tenía que irse desde ayer porque tenía que ver a una señora que hace limpias.

—¿Una *qué*?

—Una *bruja*. ¿A poco no has visto ni una?

—¿Una bruja? ¿Estás loco o qué, cuate? ¿Tú sí has visto brujas?

—En Tépoz hay un chorro. Pero, bueno, no son como las de las caricaturas, ¿no?, con escoba y toda la cosa, son más bien unas señoras indias que te pasan ramas y huevos y cosas por todo el cuerpo y mientras están rece y rece.

—¿De veras?

—Sí, palabra. A mi mamá le da por esas ondas, y cuando yo era chiquito me llevó varias veces para que dizque me limpiaran.

—¿Y qué se siente, tú?

—¿De qué hablan? —preguntó Homero, que se había quitado los audífonos.

—Vaya, hasta que éste soltó el walkman —comentó Tor viendo codiciosamente el pequeño aparato que Homero llevaba prendido del cinturón.

—¿De qué hablan, pues?

—De brujas.

—Ay sí, no mamen —dijo Homero y volvió a ponerse los audífonos.

Tor se los quitó unos momentos.

—Luego me los prestas, ¿eh?

Homero asintió.

—A mi mamá la pierde la astrología y que le lean las cartas —dijo Tor.

—Sí, a la mía también, pero a ella además la matan las brujas de Tepoztlán, a cada rato dicen que le están haciendo trabajos y le dan sus limpias y yerbas y talismanes, y un chorro de cosas. Luego se va al Tepozteco, dice que hay que pagarle tributo al Tepozteco siquiera una vez al año. Es sensacional el monte, como de Indiana Jones. Sí has subido, ¿no?

—Claro, buey. Contigo.

—Al rato nos lo echamos, ¿no?

—Juega. Pero antes jugamos con el nintendo, me prestaron unos juegos sensacionales.

—Oye, pinche gordo, todo el tiempo te la pasas con los juegos y ahora que sales al campo te la vas a querer pasar encerrado, estás mal de la cabeza, Héctor.

—Me llamo Tor.

—Sí, pues.

—Está bien, subimos primero al Tepozteco y luego te enseño *Los inconcebibles laberintos de Borges*, es la pura buenísima onda. Homero también trae otros juegos, pero son los de siempre.

—Suave.

—Mi mamá no me quería dejar venir, por las calificaciones que han estado que olvídate. Y que no le gusta que ande solo, y menos si es con otros chavos, y todavía menos si hay niñas. Echó pestes de tu mamá y de tu papá porque nos dejaban solos.

—Uh, ¿qué tiene de malo? Yo tomo autobuses desde que estaba más chico, como de once. Y mi hermana, cuando vivimos un año en Tépoz, tenía diez años y agarraba los camiones y se iba a todos lados, sola, sin avisar, se iba a Cuautla, a Yautepec, a Cuernavaca, una vez hasta a Taxco se fue, ¿te imaginas?

—Sí, tu hermana es tremenda. Y tu mamá también está bien loca, ¿verdad?

—Qué te pasa, cuate. No te metas con mi jefa.

—¿Y tu papá?

—¿Qué con mi papá?

—Digo, ¿qué onda con él?

—Buena onda en general, ya lo conoces. Ahora está haciendo un proyecto y se pasó toda la semana en la casa de Tepoztlán; mi mamá lo alcanzó ayer y mi hermana se fue a Guadalajara con sus cuatitas.

—Sí, ya me habías contado…

Las muchachitas volvieron a reír a carcajadas, ante las incesantes protestas de los demás pasajeros. Alaín y Tor se volvieron a ellas. Homero se quitó los audífonos. Cantaban piezas de moda intercalando «por delante» y «por detrás».

—Yo tengo ganas de ti… —cantó Érika.

—… por delante.

—Y no puedo luchar…

—… por detrás.

—Porque todo es igual…

—… por delante.

—De ganas de ti…

—… por detrás.

—… Quiero sentir tu amor…

—… por delante.

—Y sentir el calor…

—… por detrás.

—De estas ganas de ti…

—… por delante.

—Cuando estás junto a mí…

—… por detrás.

—Ésa está muy mandada, ¿no? —protestó Yanira—, canten algo más tranquilo, ¿no?

—¡El Himno! —propuso Homero, entre risas.

—Todas son iguales —sentenció Indra.

—Ah pa' letritas… —dijo Tor.

—Ah pa' cancioncitas —comentó Homero, quien volvió a ponerse los audífonos.

Nuevas risas de los muchachos, seguidas por nuevas cargas de «ya cállense», «sangrones», etcétera.

—¡Uuuuuuuuuh! —gritaron todos nuevamente.

—¡Ya basta! ¡Si no se callan los vamos a llevar con la policía! —gritó un pasajero, furioso.

—¡Uuuuuuuuuuuuuuhhh! —repitieron todos, riendo.

—¡Cállense ya! —insistió, y se levantó; se movió con trabajos y llegó al estrechísimo pasillo del microbús—, ¡o se callan o les doy de cinturonazos! —bramó.

—Siéntese o se va a caer —le dijo Homero.

—¡Por favor! ¡Siéntese! —dijo el chofer.

—¡Uuuuuuuuuh! —exclamaron los muchachos, cuando el furibundo pasajero dificultosamente volvió a su lugar, refunfuñando, pero después bajaron la voz.

—¿Falta mucho, Érika? —preguntó Selene.

—No tanto, ya pasamos Tres Marías —respondió Alaín.

—Cómete una manzana.

—Sí, ¿quién se quedó con los sándwiches? —preguntó Indra.

—Yo los tengo —avisó Érika.

—Ay, oye, tú siempre acaparas todo —se quejó Indra.

—Es que tú *te acabas todo*…

—No es cierto, oye…

—¿No había huevos cocidos?

—¡Ahí viene la Pera! —avisó Tor, y cuando entraron en la pronunciadísima curva aprovechó para recargarse sobre Indra, que iba a su lado—, ¡curva a mi favor! —gritó.

—¡Ya quítate, chistoso! ¡Pesas mucho!

—Y huele peor —deslizó Yanira, con una risita.

—*¡Ya cállense!*

Salieron de la Pera y el microbús aprovechó la pendiente para acelerar y rebasar a varios automóviles timoratos que habían bajado la velocidad al entrar en la curva. Pronto vieron los letreros que indicaban la desviación a TEPOZTLÁN, OAXTEPEC, CUAUTLA. El microbús no bajó la velocidad a pesar de que la carretera se hallaba muy transitada. A esas horas de la mañana el bosque de pinos brillaba, alegre por la nitidez del aire y el brillo del sol, que se perfilaba ya hacia lo alto. Ni cuenta se dieron cuando el microbús se detuvo en la caseta de Tepoztlán.

Los pasajeros respiraron, aliviados, «ya era hora», «hasta que vamos a descansar un poco», «malditos niños», «ya no los aguantaba», decían, a excepción, observó Érika, del hombre que discutía de política y que no había parado de hablar desde que salieron de la terminal en la Ciudad de México. «Ahora está más enojado», pensó al bajar de un brinco del microbús. Observó también que el chofer le sonreía cálidamente. «Era bien buena onda ese chavo», se dijo.

Los muchachos llegaron sin problemas a la casa de Alaín. En la caseta tomaron el taxi de un joven moreno, que veinte años antes habría andado a caballo, y pronto dejaron atrás las pronunciadísimas curvas y entraron de lleno en la calle principal, que tenía como inmenso telón de fondo la cordillera del Tepozteco. A Alaín siempre le gustó llegar y enfrentarse con esa muralla verde, de cortes tajantes, que le avivaba la imaginación y lo llenaba de una sensación de misterio. Pero en ese momento Alaín quería enseñarles el pueblo, los montes y la gente en cinco minutos.

—¡Miren, ése es el zócalo! —informó Alaín.

—Está refeo —dijo Yanira.

—Y ésa es la presidencia municipal. Allá abajo está el mercado. El fin de semana se pone de buenísima onda, van a ver.

—Yo nunca había venido aquí —musitó Indra.

—Yo sí —afirmó Érika.

—Está chiquito el pueblo, ¿no? —comentó Tor.

—No tanto. Bueno, es un pueblo, ¿no?

—Lo que es precioso son *los montes* —prosiguió Indra.

Dejaron la calle principal y se metieron en el barrio de Santo Domingo por la calle Jardineras, que, como siempre, estaba espantosa, llena de hoyos charquientos o de piedras enormes a la mitad del arroyo. Pero la callejuela era bonita, especialmente por las yerbas verdísimas que brotaban de todos los resquicios de las paredes de adobe, los tecorrales y el empedrado.

—¡Ahí va Maciel! —exclamó Alaín, señalando a un hombre sólido y alto que conversaba animadamente con una mujer de falda larga y el cabello con raya en medio y pegado al cráneo.

—¿Quién? —preguntó Yanira.

—Es un pintor que vive aquí en Tepoztlán —informó Alaín—. Pinta unos cuadros gigantes con negras en hamacas.

—Yo nunca he conocido a un *pintor* —dijo Yanira.

—Yo *sí* —avisó Érika.

—¿Y ella?

—Pues es Beatriz, la mamá de Marién y de Sergio. Hace unos vestidos bien padres.

Las muchachas no dejaban de ver el monte y el pueblo, ya que a excepción de Érika, las demás no conocían Tepoztlán. La casa de Alaín les gustó mucho porque era grande pero rarísima, como un viejo chalet suizo construido en un terreno muy desigual, lo que hacía que los cuartos fueran muy pequeños, oscuros y triangulados, o gigantescos, de techos altos y llenos de luz. El jardín también era muy irregular, con varios niveles, mucha vegetación y una alberca más bien pequeña. Desde allí la vista del Tepozteco era impresionante.

El papá de Alaín estaba de buen humor y recibió a todos ellos muy contento. —¿Por qué no se trajeron de una vez a algunos maestros? —bromeó. A la mamá también le dio gusto ver a los visitantes, especialmente porque había cuatro *mujeres*... —Siempre hay puros hombres en esta casa, y a veces ya chole —explicó—. Muchachas, yo me llamo Coral. Así quiero que me digan y que nos hablemos de tú.

Esto les gustó mucho a ellas, pero no le dieron gran importancia porque vieron salir de la casa a un muchacho más grande, quien obviamente las entusiasmó, pues ellas lo miraban derritiéndose. El joven saludó a todos y se despidió. —Luego me hablas —le dijo a Alaín antes de irse.

—¿Quién es, quién es? —preguntó Érika a Alaín inmediatamente después, lo cual motivó que Homero y Tor huyeran de allí.

—¡Es *un sueño*! —decía Yanira.

—Es Gonzalo, tiene una casa a la vuelta y viene los fines de semana, como nosotros. En México vive atrás de Perisur. Es mi amigo, aunque es mucho más grande que yo. Nos conocimos desde que yo estaba bien chiquito.

—¿Cuántos años tiene? —preguntó Yanira, que era la más fascinada.

—Diecisiete, o dieciocho, no sé. Está terminando la prepa.

—¿En qué escuela va?

—¡Es guapísimo! —decía ahora Yanira.

—Sí, pero olvídate, te lleva cinco años, *nunca* te va a pelar —replicó Érika.

—Bueno, al menos no se aburren —dijo Coral, la mamá de Alaín, quien traía una charola con vasos de agua de papaya—. Vengan —agregó, a las mujeres—, les voy a decir cómo se van a acomodar. Los niños se quedan en tu cuarto —le indicó a su hijo.

Las muchachas se fueron tras Coral, bebiendo traguitos del agua de papaya.

—¿Y dónde están estos cuates? —se dijo Alaín, viendo en todo su derredor. «Ah, claro», pensó después.

Se fue directo a su cuarto, y allí, en efecto, encontró a Homero y a Tor metidísimos con los juegos electrónicos, cuya calidad visual era endiablada.

—Pero claro, carajo, me imaginé que aquí me los encontraría.

—Tú retas —dijo Tor sin despegar la vista de la pantalla.

—A és-te ya me-ro me lo fu-mi-go… —canturreó, sin despegar la vista de la pantalla.

—Fuera tan fácil… —comentó Homero—. Es un baboso este gordinflas. Pobrecito…

Alaín se dio cuenta de que Tor y Homero estaban metidísimos en el juego de *Los contras* y que ni caso le hacían. Sonriendo, se acomodó en la cama transversal a las literas y vio, más allá de las espaldas de sus amigos, la pantalla encendida, y pronto se hallaba bien contento viéndolos jugar, hasta que les avisaron que ya estaba la comida y que se lavaran.

Después de comer, y de lavar sus platos, los muchachos decidieron subir al Tepozteco.

—Espérense —dijo Alaín—, voy a llamar a Pancho, él es de aquí y se conoce el monte como nadie, ¡es el Amo de la Montaña! —exclamó con auténtica admiración—, de veras —agregó después, al ver que todos lo miraban sorprendidos.

—Vamos nosotros solos —dijo Érika—, para qué queremos guías, tú ya conoces el monte, ¿no?

—Bueno, sí, pero no como Pancho…

—Además, es bien fácil —insistió Érika—, yo ya he ido y hay un caminito perfectamente claro. Hasta arriba tienes que subir por una escalera de metal.

—¿Y quién es Pancho? —preguntó Yanira.

—Ha de ser el hijo de una lavandera o algo así —dijo Érika.

—Mira, Érika, si te gustó mi amigo Gonzalo —replicó Alaín de lo más pícaro— cuando veas a Pancho se te van a caer los chones. Los dos son amiguísimos y cuando andan juntos, los fines de semana, acaban con el cuadro.

—¿De veras?

—Sí, yo lo conozco —dijo Tor—, es un sueño —agregó, imitando a Yanira.

Nadie discutió más ante la contundencia del argumento (Tor y Alaín se hicieron gestos burlones entre ellos) y caminaron por la estrecha callejuela hasta que llegaron a un puente que cruzaba un arroyo, en ese momento abundante: grandes árboles se alzaban allí. Lo cruzaron y llegaron a un tecorral, con caballos y vacas, en cuyo fondo, entre árboles, se alzaba una casita de adobe.

—¿*Aquí vive?* —preguntó Yanira.

—¡Pancho! ¡Panchoooo! —gritaba Alaín.

—Es el hijo de la lavandera —dijo Érika.

—No, es hijo de la señora que hace las limpias —corrigió Alaín, de lo más sonriente.

—Ay maldito… —deslizó Yanira.

—¿A poco esa señora es la bruja'? —preguntó Tor.

—¿*Una bruja?*

—No les hagas caso, Selene.

De la casa salió un muchacho de trece años, moreno y de facciones indígenas, de tenis y pantalón vaquero.

—¡Alas! —exclamó al ver a Alaín—, ¿acabas de llegar?

—Vamos a subir al Tepozteco, ¿vienes?

—¡Ora!

—Mira, te presento a mis cuates de México: Yanira, Selene, Indra, Homero, a Tor ya lo conoces, y a Érika.

—Quihubo, Pancho —dijo Tor—, les estaba diciendo a las muchachas que tú estabas guapísimo.

—Qué chistoso —replicó Pancho, seco.

—Pues yo sí lo veo guapo —comentó Indra, plácida, con miradas apreciativas.

—¡Vámonos! —exclamó Alaín, y se echó a correr. Todos corrieron tras él, incluyendo a Érika que también gritó: —¡Vámonos!

Subieron casi corriendo las empinadas escaleras de piedra construidas por los toltecas muchos siglos antes, entre el agua que caía por todas partes y la vegetación de un verdor que se les echaba encima. Llegaron jadeando a la cumbre desde donde se desplegaba la gran vista de los valles de

Tepoztlán, de Cuautla y de Cuernavaca. Los misteriosos montes de Chalcatzingo eran visibles muy a lo lejos y la curvatura de la tierra era bien notoria. Los muchachos estaban de lo más contentos.

Todos subieron a la pirámide tolteca y vieron que, a sus espaldas, el Ajusco no parecía tan alto desde allí. Tomaron refrescos en la caseta del cuidador, y Pancho les contó que todos los días el cuidador de la zona arqueológica subía y bajaba, a paso veloz si no es que corriendo, y cargando dos o tres *cajas de refrescos* en la cabeza. Para no quedar atrás, ellos volaron de regreso y bajaron tan rápido que de milagro no se desplomaron como alud, ni se resbalaron con la humedad o se dieron de golpes contra los pedruscos. Abajo, todos sentían que las pantorrillas les temblaban por el esfuerzo.

—Qué bárbaro —decía Tor—, tengo las patitas como de chicle.

Después, Pancho los llevó a los Corredores, de donde la vista era igualmente espléndida, y luego se metieron en una cueva pequeña de la que salieron muchos murciélagos.

—¡Ay mamá! —gritó Selene al ver a los oscuros animales.

—¡Drácula! —exclamó Tor.

—Oye, vámonos, ¿no? —decía Yanira.

—Tranquilas, chaparras —dijo Alaín—, si Pancho dice que no hay peligro es que no hay.

—Claro que no hay —explicó Pancho—, los murciélagos ya se fueron, y ésta es una cueva enana, ¡habían de ver la que descubrí hace unos días!

—¿Dónde, cómo? —preguntó Alaín.

—¿Está padre? —preguntó Tor.

—¡Está padrísima! ¡Gigantesca! ¡Hay que llevar lámparas porque se pone oscurísimo, de veras está gigante la caverna, casi como la de Cacahuamilpa.

—Ay sí, bájale de volumen —dijo Érika.

—Pero ¿dónde está esa cueva? —inquirió Homero.

—Más arriba. Se sube por aquí pero luego te desvías por un lugar que yo creo que nadie conoce porque he preguntado y nadie sabía nada de ese grutononón.

—Bueno, ¿y. qué hay ahí? —preguntó Selene—, ¿no da miedo?

—Bueno, pus un poco sí, ¿no? Pero vamos varios, y yo puedo llevar un machete.

—¡Chin! —exclamó Tor—, ¡cómo no me traje el rifle de mi papá! Es tipo terminéitor, con mira de láser y toda la cosa, está queridísimo.

—Cálmala, cuate, éste luego luego se cree Rambo.

—Sí, es Tor el Bárbaro.

—Es puro buey.

—Pero ¿no es peligroso? —insistió Yanira.

—No, hombre, ¿por qué? Nomás está oscuro, pero llevamos lámparas o hacemos unas teas.

—Mi papá tiene una lamparota sensacional. Que nos la preste —dijo Alaín.

—Bueno, pues, vamos —dijo Homero.

—No, hoy no —replicó Pancho—, ya se va a oscurecer al rato. Mejor vamos mañana, temprano, después de desayunar, y la exploramos a todo dar hasta la hora de la comida.

—¡Llevamos cosas de comer y hacemos picnic! —propuso Érika, entusiasmada.

—Sí, hacemos unos sándwiches —accedió Yanira.

—¡Sí, vamos!

—¿Quieres ir, enanita? —dijo Tor.

—Pus sí, aunque me da miedín.

—Yo te cuido, chaparra —agregó Tor.

—No se diga más —dijo Alaín…

—… mañana vamos —concluyó Érika.

Regresaron a gran velocidad por la callejuela Aniceto Villamar y al llegar a la casa se toparon con la noticia de que la mamá de Alaín tenía que ir con la mamá de Pancho porque la noche anterior no se pudo terminar la limpia. Todos los muchachos se interesaron al instante y Alaín, muy ufano, les contó un poco de las limpias y las brujas y brujos de Tepoztlán. Érika se entusiasmó más que nadie y pidió que a ella también «la limpiaran».

—¿Y tú para qué, muchacha? —comentó Coral—, si tú estás bien chiquita. Tú estás limpia, ¿o no?

—No sé, pero yo quiero, ándele, señora, lléveme, le juro que no doy nada de lata.

—No necesita una limpia, necesita bañarse —se rio Homero.

—Qué chistoso…

—Yo también quiero ir —dijo Yanira.

—Y yo —dijeron todos a su vez, incluyendo a la pequeña Selene.

—No sé si pueda llevarlos a todos.

—Sí puede, señora —intervino Pancho—, nomás que se estén quietas.

—Ah, yo sí me estoy quietecita, ¡como muerta!, pero yo quiero ver a la bruja.

—Mira, linda, no creas que vas a ver a la bruja de Blancanieves. Al contrario, es una señora muy buena. Más bien es una curandera, como una doctora pero con otros métodos. Bueno, las voy a llevar, pero si la señora Guillermina dice que se vayan, se van. Al fin está muy cerquita de aquí.

—Sí, claro —especificó Homero.

—Pues vamos —dijo Érika—. Ay qué emoción.

—¿De veras quieres que te hagan *eso*?

—Sí, qué tiene.

—Yo también quiero —dijo Homero—, a ver si se me aparece la Turbollorona en camisón.

—¿Cenamos antes? —preguntó Selene. Después de todo ya eran las ocho y media de la noche y todos habían carburado a alta compresión toda la tarde.

—No, después —dijo Coral, a la vez que iniciaba la salida. Todos la siguieron.

Recorrieron nuevamente la callejuelita de Aniceto Villamar hasta que llegaron al puente, escasamente iluminado y silencioso. Sólo a lo lejos se entreveía a un grupo de indios ensombrerados al pie de un tendajón, bebiendo cervezas en silencio.

Esta vez dieron la vuelta hasta encontrar la entrada de la casa, que no tenía ventanas a la calle y sólo una puerta comunicaba con el patio interior, que se extendía en la oscuridad del establo y los gallineros.

Alaín les contó en voz baja, quizá por lo débil de la luz, que a un lado de la casa estaba el temazcal, «sí, ¿no sabían?, el sauna de los aztecas», donde la familia de Pancho se bañaba con el fuego que se hacía con leña de muy buen olor. Pero ya estaban dentro, con la mamá de Pancho, quien se hallaba acompañada de otras dos mujeres indias.

La mamá de Pancho, la señora Guillermina, tenía cuarenta años de edad y se hallaba bien conservada; era muy morena, de facciones finas, y llevaba un rebozo en la cabeza; se encontraba junto a un pequeño altar con la Virgen de Guadalupe, Jesús con corona de espinas, estampas de santos, signos y símbolos religiosos y esotéricos, y seis cirios medianos entre flores. Al fondo, en la penumbra, se silueteaban unas camas.

—¿A qué huele? —preguntó Selene, con los ojos muy abiertos; tras ella, la mamá de Alaín hablaba, en voz baja, con la señora Guillermina junto al altar.

—Es copal, incienso mexicano —respondió Alaín—, ¿te gusta?

—Sí…, creo que sí.

—Yo lo prefiero al que venden en paquetes, que son más perfumados —agregó Alaín.

—Buenas noches, muchachos —los saludó la señora Guillermina, sin moverse de su lugar.

—Buenas noches —dijeron varios de ellos en voz muy baja.

¿Por qué hablamos en voz muy baja?, se preguntaba Érika, muy interesada en todo lo que ocurría. El olorcito, las velas y el foco que apenas alumbraba la hacían sentir como en un sueño lleno de encanto.

Coral se había colocado sobre un círculo en el suelo que tenía dibujada una figura india. Parecía una mujer. La señora Guillermina dejó de rezar frente al altar, tomó unas varas verdes, aún con hojas menudas, las mojó en el líquido de una vasija de barro y después con ellas recorrió y dio ocasionales golpecitos en la cara, el cuello, el torso, la espalda, el vientre, los brazos, las piernas y los pies de Coral.

La señora Guillermina se hallaba totalmente concentrada.

Ahora pasaba un huevo por todo el cuerpo de Coral en medio de tenues encantaciones, y repitió el procedimiento con dos huevos más. Después rompió los cascarones y Érika vio que la yema y la clara se habían convertido en una masa negra, con algunos coágulos y partes viscosas. Apestaban, además, y feo; «guaj», oyó que exclamaba Selene. Con un gesto la señora indicó a Pancho que dispusiera de los huevos corruptos.

Pero después Érika se quedó pasmada, con el corazón latiéndole con fuerza, porque la señora Guillermina había tomado una tela blanca, fina, muy delgada, y la pasó por la cara de Coral; al ir a limpiarla, la tela se fue enrojeciendo hasta que pronto empezaron a caer gotas de sangre y nuevos coágulos.

—¡Ay buey! —musitó Tor.

—¿Pero cómo…? —susurró Selene.

—Shhh —le dijo Indra, boquiabierta.

Érika era toda atención, sentía el silencio como algo denso, tenso, con vida, misterioso, peligroso, emocionante… Los demás estaban atentos, muy impresionados por la penumbra, el olorcito del incienso y los ritos de la curandera.

La señora Guillermina estaba totalmente concentrada, como en trance. Respiraba con pesadez. Coral, muy seria, no parecía sufrir para nada. La curandera pasó varias telas por los brazos y las piernas, y todas quedaron empapadas, goteantes, de sangre.

Finalmente volvió a rociar el cuerpo de Coral con el agua fragante de la vasija que recogía con las finas ramas. Rezó una especie de letanía al hacerlo y, por último, le dio a Coral un jarro con el té que sirvió de una ollita.

Coral lo bebió a traguitos, aún instalada en el estado de ánimo que le había dejado la limpia, pero casi tiró el jarrito al oír:

—¡Yo quiero, por favor, yo sigo, yo primero, por lo que más quiera! —plañó Érika con tal intensidad que sorprendió a todos.

—Calmada, Érika —musitó Alaín, junto a ella.

—Tú déjame… ¡Yo quiero, señora! ¡Yo, yo! —insistía Érika, casi lloriqueando.

—No *chilles*, Érika —dijo Indra.

—Ay, Érika —añadió Yanira.

—Pero es que yo quiero, oye.

Coral miró a la señora Guillermina, quien negó con la cabeza.

—Otro día, niña, esta vez sólo estaba preparada mi limpia —dijo Coral a Érika—. Además, quedamos en que se iban a estar quietecitas, y que si la señora Guillermina decía que no, pues no, ¿verdad?

—Piénsalo bien, niña —le dijo la señora Guillermina—, no te dejes llevar por tus arranques, pero si después lo quieres y de veras lo necesitas, mañana en la noche te limpio, pero entiende primero que esto no es juego y se hace cuando Dios quiere, y cuando hace falta.

—¡Sí, sí quiero!

—Mañana vemos —dijo Coral en tono práctico.

Esa noche todos se hallaban muy excitados. Pancho se quedó a pasar la noche con ellos, «para ir al monte temprano»; primero, en el jardín, junto a la alberca, platicaron, impresionados, sobre la limpia; luego jugaron a las cartas un rato hasta que se aburrieron y pasaron a «las preguntas indiscretas», pero como estaban a punto de pelearse, mejor hicieron palomitas y se pusieron a ver películas, vía parabólica, sólo que las entendían a medias, a excepción de Homero y Alaín, pues no tenían subtítulos en español, además de que todos se arrebataban el control remoto y se la pasaban cambiando de canales.

Finalmente ellos mejor se fueron a su cuarto, a los juegos electrónicos, y las muchachas al suyo, a platicar entre carcajadas que se oían en toda la casa.

—¡Ya cállense! —tuvo que gritar el papá de Alaín.

II

—¿**E**stás seguro de que éste es el camino? —preguntó Alaín, porque, en realidad, no se veía ninguno, y ellos sólo podían seguir a Pancho, quien a su vez apartaba ramas y plantas para abrirse paso.

—Sí, claro —respondió Pancho—. Acabo de venir y dejé bien marcado el camino.

—Pero en temporada de lluvias todas tus marcas no sirven para nada.

—Yo dejé marcas que no se borran —insistió Pancho, y se detuvo. Miró con atención hacia las inmensas paredes del Tepozteco y estableció algún tipo de relación porque prosiguió la marcha.

Habían salido a las ocho de la mañana de casa de Alaín, con lámparas, comida y el machete; subieron a la sierra del Tepozteco por una falda que primero era muy árida, polvosa y empinada, pero que pronto se convirtió en vegetación profusa que cerraba los caminos. Subieron sin dificultades hasta que llegaron a los Corredores y a la pequeña cueva del día anterior.

De allí tuvieron que pasar con mucho cuidado por una vereda pequeñísima en pleno espinazo de un inmenso acantilado. Aún no estaban muy arriba, pero la altura allí ya era suficiente para impresionarlos a todos, especialmente a los chavos de la ciudad que, como siempre, se movían con muchos trabajos por la selva del monte. Eran medio mensitos, pensaba Pancho. De ellos, Alaín sin duda era el mejor, casi lo hacía a la perfección, pero eso no tenía mucho chiste porque él pasaba cuando menos un tercio del año en Tepoztlán desde niñito… Después de Alaín, ¡Érika! Esa condenada chamaca era buena en el monte, trepaba con facilidad los grandes peñascos, se subía a los árboles, realmente sí la hacía; con algún tiempo podría ser una buenaza. Indra, en cambio, era la que menos podía, siempre se quedaba atrás y turbaba notablemente a Pancho, pues de pronto lo miraba como nadie lo había hecho jamás.

Los demás la hacían con dificultades y a veces había que ayudarlos, sobre todo al cruzar los repentinos chubascos disfrazados de arroyos que caían entre las rocas y las hacían muy resbaladizas. Pancho se rio mucho cuando, al encontrar la primera de estas cascadas, el gordo Tor tuvo que pasar a gatas entre las rocas, y acabó empapado.

—No te rías —le dijo Alaín—. Un día él se va a carcajear cuando te vea pendejeándola en Perisur.

Ya habían subido un largo trecho; cuando reencontraban el espacio abierto, Tepoztlán estaba cada vez más abajo y a la derecha. Primero los chilangos iban plática y plática, risa y risa, y Érika pretendía decir por dónde debían ir; después se pusieron a cantar «por delante y por detrás», pero a esas alturas todos iban en silencio, cada vez más cansados, entre la maleza, que siempre era exuberante, y los arroyos-cascada, que surgían cada vez más. La aparición del paisaje, cuando llegaban a los acantilados, les levantaba el espíritu, aunque el cielo empezaba a cargarse de nubes allá a lo lejos, por el Popocatépetl.

—¿Ya mero llegamos? —preguntaba Selene con frecuencia, y fue ella quien logró que Érika procediera a la primera repartición de gansitos, papas fritas, sugus, frutas, y especialmente de la maravillosa combinación de cacahuates, pasitas y chocolates m&m, o «chocasitas», que preparó Coral, la mamá de Alaín, «para que no les fallaran las calorías».

—Oye, si me has dicho que íbamos a trepar tanto, yo no vengo —declaró Indra mientras engullía una dona.

—*Yo tampoco* —afirmó Yanira.

—Pues cómo son aguadas —terció Érika—. Ha estado duro, pero de muy buena onda.

—A mí me tiemblan las patitas —reveló Selene.

—A *mí* me temblaron ayer, al bajar —agregó Indra. Recordaron entonces que a todos les habían temblado, o cuando menos vibrado, las pantorrillas y los tobillos el día anterior, después de bajar corriendo el Tepozteco.

—Se sentía bien padre —comentó Tor.

—Ya estamos bien cerquita —les dijo Pancho.

Y así fue. Casi al instante, al siguiente recodo, llegaron a lo que parecía una rendija entre las paredes del Tepozteco.

—¡Por aquí es! —dijo Pancho—. Mira —le añadió a Alaín—, ahí está mi marca.

Señaló hacia la pared de la montaña, arriba de la grieta, donde las líneas del acantilado formaban el diseño de una serpiente que se muerde la cola; la forma era muy borrosa, pero con un poco de atención se podía ver, y apreciar, un posible estilo tolteca en el tallado, si es que acaso lo era y no sólo una formación natural de la piedra como hay tantas.

—*¡Es una serpiente devorándose la cola!* —exclamó Homero, al descubrirla.

—Y tiene plumas —dijo Pancho—. Vamos a entrar.

Entraron. La grieta se fue abriendo poco a poco a lo que parecía una cueva, pero pronto se vio un poco de luz en el fondo, la grieta se angostó nuevamente y de pronto los dejó en la entrada de un pequeño claro, tan pletórico de vegetación como allá afuera.

—¡Ya llegamos! —exclamó Pancho, excitado—, la entrada está allá al fondo. Ésta nomás es la antesala.

Esto, más el suspenso del paso por la grieta, y la ración de comestibles por supuesto, les levantó el ánimo, y cruzaron con vigor y amplio uso del machete. Pronto llegaron al otro lado, y allí encontraron, en una concavidad de la pared de piedra, una entrada en la que sólo se podía pasar a gatas.

—¿*Por ahí?* —exhaló Indra.

—¿Pero cómo pudiste encontrar este agujero? —preguntó Tor, pasmado.

—Fue de pura casualidad, o…, vaya uno a saber, el caso es que una vez que andaba paseando por aquí descubrí la serpiente de allá afuera. Acababa de haber un deslave, porque todavía estaban allí muchos piedrones tirados, y yo creo que así fue como salió la serpiente a la luz, si no, ¿cómo no la había visto alguien antes? Aquí en Tepoztlán hay gente que se conoce la sierra del Tepozteco mucho mejor que yo. Luego entonces la serpiente esa tenía que estar cubierta por el mismo monte, que así como ahora se destapó alguna otra vez se tapó.

—Ay buey… —susurró Tor, impresionado.

—Sí, claro —dijo Homero.

—Entonces me metí por la raja y encontré este lugar, y vieran que muchas veces me daba por venir aquí, porque me sentía de lo más a gusto, pero sólo hasta hace unos días encontré la entradita. Se me hizo muy raro que no la viera antes porque en realidad, si se fijan, está bastante a la vista, pero, bueno, me metí por ahí y vi que estaba oscurísimo, así es que a la siguiente vez llevé la linterna.

—¿Y *qué viste?*

—Que luego lo platique, mejor vamos a verlo nosotros mismos —dijo Alaín.

—Sí —dijo Érika—, menos habladera y más acción, ¡yo voy primero! —agregó, y sin más se metió en la pequeña entrada—. ¡Una lámpara! —pidió.

—¡Qué bárbara es! —exclamó Pancho, mientras Alaín le daba la linterna.

—Ya camínenle —les apuró Alaín.

Uno a uno todos se metieron en el agujero y llegaron a lo que, como en el caso anterior, parecía una pequeña cueva; esta vez sí lo era, y después de recorrerla un rato que les pareció eterno, llegaron a dos aberturas que conducían a distintos caminos.

Érika se detuvo en seco. —¿Por dónde? —preguntó.

—¿Ah, verdad? —dijo Alaín—, ¿no que tú ibas por delante?

—Y voy a seguir por delante, tan pronto como este menso me diga por dónde.

—Es que no me acuerdo… —susurró Pancho.

—¿Que *qué?*

—Pero sí me acuerdo que por donde agarré eran unos túneles que te llevan a una caverna gigantesca, con el techo altísimo. Todavía la recorrí un buen rato, y vi que del otro lado había salidas a otros túneles, así es que mejor me regresé.

—Ya ya, no cuentes toda la película —dijo Érika—. Así es que no sabes… entonces yo digo por dónde. Nos vamos por aquí —agregó, segurísima, y señaló el túnel de la izquierda.

—¡Pérate, pérate! —exclamó Alaín.

—¿Qué te pasa a ti?

—Ésta es una decisión muy importante, vamos a ver qué dicen todos.

—Ay, cuánta payasada. A ver, pues.

—¿Por dónde nos vamos? —preguntó Alaín—, ¿por la izquierda o la derecha?

—Yo por donde quieran, por la izquierda —dijo Indra—, pero la verdad es que ya me está dando flojera...

—Tranquila, chava —dijo Alaín—, no pasa nada.

—Yo digo que por allá, «um derrum» —dijo Homero, indicando la derecha.

—¿Sí, verdad? Nada más para llevarme la contraria —dijo Érika.

—No —respondió Homero.

—¿Entonces por qué no?

—Porque sí.

—¡Está loco este chamaco! —se rio Pancho.

Yanira votó por la izquierda, y Alaín por la derecha, o sea que los tres hombres eligieron la derecha y las cuatro mujeres, la izquierda. Por tanto, el empate correspondía a Pancho, pero él, sin pensarlo, dijo: —Por la izquierda.

—Yaa, qué gacho, te fuiste con las viejas —le recriminó Homero.

—No es cierto, es que estoy seguro de que por ahí es.

Y por allí se fueron. Las lámparas daban buena luz y dejaban ver las paredes de tierra más bien húmeda, con piedras incrustadas, aunque en la mayor parte las paredes del túnel eran de roca pura y era tremendo imaginar, se decía Alaín, la cadena de accidentes que llegó a formar esos túneles, o, peor aún, que alguien los hubiera hecho. Los toltecas, claro. Pero una obra de alta ingeniería subterránea de ese tipo era dificilísima para los toltecas o para cualquiera. Encontraron la boca de otro túnel y Pancho se fue por allí; más adelante entraron en otro más, y luego en otro, y en otro y en otro.

—Épale, a ver si no nos perdemos… —dijo Alaín.

—Estamos dando puras vueltas… —agregó Érika, preocupada—. ¿Estás seguro de que es por aquí? —le preguntó a Pancho.

—Yo digo que sí —respondió Pancho—, pero, seguro-seguro… pues no.

—Todo es igual —dijo Tor.

—¿Dejaste marcas? —preguntó Alaín.

—¿Marcas?

—¡No la amueles!

—¿Ya nos perdimos? —preguntó Selene.

—No, no —respondió Pancho, dando una nueva vuelta en otro túnel que parecía idéntico a los anteriores.

—Ay nanita, aquí sí dan ñáñaras —susurró Yanira.

—Qué callado está todo —comentó Érika.

Al poco rato encontraron la caverna. Como decía Pancho, parecía inmensa. Los ruidos eran magnificados por un fuerte eco y una extraña reverberación. Pancho silbó, y el sonido se volvió metálico; rebotó, distorsionándose, y se extinguió. Hasta donde las linternas permitían ver, en la caverna había rocas de lo más extrañas, sugerentes, estalactitas y estalagmitas que brillaban por la humedad. Y una gran sensación de vastedad y majestuosidad.

—Aquí es donde les dije.

—Sí, es gigantesca… —replicó Alaín.

—¿Verdad? No se le ve el fin.

—Parece un sueño… —musitó Selene.

—Parece Cacahuamilpa, pero a oscuras —opinó Tor.

—Hace como frío, ¿no? —dijo Indra.

—Sí. Está fresco —comentó Homero.

—Está *sensacional* —precisó Yanira.

—¿No sienten algo raro? —dijo Érika.

—¿Como qué?

—Como… —dijo Érika, girando sobre sí misma—. ¡Como una luz! ¡Apaguen las lámparas!

Alaín, Pancho e Indra lo hicieron y de súbito todo se hundió en una oscuridad que los hizo juntarse. El silencio fue tal que sólo escuchaban los latidos desmesurados de sus propios corazones. Pero después de un rato alcanzaron a distinguir un resplandor mortecino en uno de los extremos de la inmensa cavidad.

—Qué es eso —susurró Érika.

—Qué —preguntó Tor.

—Esa como luz.

—Pus una como luz.

—¡No te hagas el chistoso!

—¿Yo? —dijo Tor—, es que yo no sé.

—Además, ni siquiera te estaba hablando a ti.

—¿Es una luz o no es una luz? —intervino Alaín.

—¿Pero cómo puede haber luz en una caverna? —preguntó Homero.

—Quién sabe… Por una grieta que va a dar hasta afuera… —aventuró Alaín.

—O hay alguien… —propuso Selene.

—Ay no —musitó Indra.

—Yo sí veo… algo… —dijo Yanira.

—Yo, *nada* —asentó Tor.

—¿Qué hacemos?

—Caminemos hacia *eso* —indicó Pancho de pronto, y el silencio se enturbió con la incomodidad de los demás.

—Sería lo peor que pudieras hacer —dijo, de pronto, una voz que no era la de ninguno de ellos.

—¿Quién dijo eso? —exclamó Pancho y encendió la linterna.

Todos pestañearon y lo miraron, sorprendidos.

—¿Cómo quién? —preguntó Tor.

—Sí, ¿quién dijo «es lo peor que puedes hacer»?

—«Sería lo peor que pudieras hacer» —corrigió Alaín.

—¿Quién lo dijo? —insistió Pancho.

—Yo no —respondió Selene.

—Ninguno de nosotros… —deslizó Alaín débilmente.

Se volvieron en todas direcciones con sus haces de luz. No vieron nada en la oscuridad silenciosa de la caverna.

—En la torre, ya estamos viendo visiones —dijo Tor.

—Alucinaciones auditivas —corrigió Alaín.

—¿Y eso con qué se come? —preguntó Selene.

—Con pan y quesito. Y un popotito —respondió Homero.

—Ay pobrecito —agregó Selene.

—A mí esto no me parece nada chistoso —les reprochó Indra.

—¿Cómo era la voz? —preguntó Pancho.

—Fuerte, joven, de mando —respondió Érika.

—No, era de viejito y como… cantadita —dijo Indra.

—Sí, era como de viejito pero terrorífica, de Ultra Tumba, no sé cómo, arrastrada, como que salía de la garganta…, no sé, sanguinaria, ¡horrible! —intervino Yanira.

—Yo también la oí como de viejito, pero de lo más pícara, bromista… aunque también un tanto siniestra, ¡ug! —contó Tor.

—¿Y tú, Alaín? —preguntó Homero.

—Yo… Para mí como que venía del centro de la Tierra, y era sorda, apagada, pero se distinguía con toda claridad… ¿Y tú, Hómer?

—¿Y yo? —se quejó Selene—, siempre me dejan al final, o no me hacen caso… Nomás porque soy la más chica.

—Sí es cierto, chaparra, diles —la apoyó Tor.

—Que haga su movimiento de liberación infantil —propuso Homero—, «suin muvimuvi dis frideración chapurrita».

—Yo la oí muy clara, pero sí, era como de un niño, como un niño jefe, ¡como un niño-rey! —contó Selene.

—¡Qué bárbara! ¡Ésta sí no se midió! —comentó Tor.

—Yo la oí suave, grave, aterciopelada… —dijo Homero

—¡Cómo puede ser! ¡Todos oímos algo distinto!

—Pero nadie oyó voz de mujer —indicó Érika.

—Ya salió la feminista —deslizó Homero.

—Ay pues el feminismo está bien, oye —dijo Yanira.

—Tú qué sabes.

—¿Y tú, Pancho, cómo oíste la voz? —preguntó Indra.

Todos comprendieron que habían olvidado a Pancho y se sintieron un tanto incómodos.

—Yo la oí con todo mi cuerpo, fue como si cada uno de mis músculos reaccionara a una presencia que nomás no había cómo dejar de notar, algo muy fuerte, y tan extraño, pero también era algo como que ya conocía desde hace mucho, siempre...

—¡Chale! —exclamó Tor.

—Claro que me conoces muy bien, *Panchito* —se escuchó la voz nuevamente, sin que se pudiera precisar de dónde salía.

Todos saltaron al oír esto.

—¿Yo te conozco? —alcanzó a balbucear Pancho.

Estaba pálido, temblando apenas visiblemente.

Todos se quedaron atentísimos y durante un buen rato sólo hubo silencio, hasta que se empezó a oír una risita que parecía brotar de distintas partes al mismo tiempo.

—¡Por Dios, qué es esto! —gritó, de pronto, Érika—, ¿quién está hablando?

—Ahorita más bien se está riendo —dijo, bajito, Alaín, porque, en efecto, la risa seguía oyéndose, incluso había aumentado el volumen.

—¿Quién eres? —insistió Érika.

—Yo soy tu padre Tezca —dijo la voz.

—Vámonos —musitó Yanira, presa de un temor fulminante—, ya nos volvimos locos.

—No se vayan, muchachos —dijo la voz—, ¿por qué mejor no jugamos a las guerritas? Todos contra todos, sin límite de tiempo, hasta vencer o ¡morir!

Homero se rio por el tono truculento de la última frase, pero alcanzó a darse cuenta de que de pronto sentía un odio caliente, ardiente, contra todos, ¡contra esos ridículos *niños* que había tenido que soportar hasta ese momento! ¡Había que castigarlos, duro, fuerte! ¡Sacarles el corazón para que aprendieran! ¡Sí, exacto, sacarles el corazón! Homero vibraba de odio y en el furor de su cólera alcanzó a ver que todos los demás se hallaban igual que él, oyendo apenas las risas que surgían de todas partes, mirándose con odio salvaje los unos a los otros, rezumbando de deseos de hacerse pedazos si lograban salir de esa pausa tensa y mortal, insoportable…

La niñita Selene de súbito salió corriendo y le dio a Homero una patada terrible en la espinilla.

—¡Maldito! —le gritó, y escupió en el suelo tres veces frente a él.

Homero no pudo contenerse y la sujetó violentamente; alzó el puño para descargarlo en la niña con todas sus fuerzas.

—¡Pégale! ¡Ya no la aguanto! —chilló Indra.

—¡Sí, pégale! —gritó Yanira.

—Y yo a ti ¡te voy a matar! —gritó Tor—, ¡a todos los voy a matar!

—*Ya hiciste tu embuste acostumbrado, ¡ahora déjanos en paz!* —dijo Pancho en ese momento, con una voz estentórea, llena de autoridad, que dejó a todos paralizados—. *Las risas cesarán en este momento* —agregó, haciendo un gesto extraño con las manos en lo alto—. Muchachos, por el amor de Dios —dijo después, pero su voz ya era la de siempre—, cálmense. Cálmense todos. Tú, Homero, suéltala. *¡Suéltala!*

Homero dejó a Selene, y ella se soltó a llorar al instante. Érika fue con ella y la abrazó.

—¿Qué pasó, Érika, qué pasó? —preguntó Selene.

—No sé, todo fue tan rápido…

Los ocho se miraron, y hasta entonces advirtieron que las risas habían cesado por completo. Lo que hubiese sido ya no estaba allí. Todo fue como un relámpago.

Todos los muchachos estaban sumamente impresionados. Se miraban los unos a los otros sin entender.

—Bueno —dijo Alaín—, Selene tenía razón, ¿qué fue lo que pasó?

—¡Yo no sé! —respondió Tor—, yo estaba de lo más normal, ¿no?, y de pronto sentí algo… rarísimo, como mucho coraje… Tenía ganas de *vengarme*…

—¿Vengarte? ¿De quién?

—¡Yo también sentí un corajote! —exclamó Selene—, ¡ay qué feo, *qué feo*!

Resultó, claro, que todos habían experimentado el mismo odio ardiente al mismo tiempo.

—Todo fue —especuló Érika— porque la cochina voz esa dijo que jugáramos a las guerritas…

—¡Sí es cierto! —corroboró Alaín—, ¿se acuerdan? Que todos contra todos y hasta *morir*.

—Y luego —agregó Yanira—, ¿cómo se paró todo?

—Pancho lo arregló —respondió Homero.

—Sí es cierto… —musitó Érika.

Todos miraron a Pancho, quien se hallaba muy silencioso, pensativo.

—¿Cómo le hiciste, Pancho? ¿Qué fue lo que dijiste? —preguntó Alaín.

—Yo… No sé… De pronto sentí una fuerza muy muy grande, como que no cabía en mí, no sé bien qué dije, era como si estuviera montado en una ola gigantesca, la más poderosa, y luego me di cuenta de que ya no se oían las risas.

—Las risas, de veras… —dijo Tor—, pero ¿cómo le hiciste?

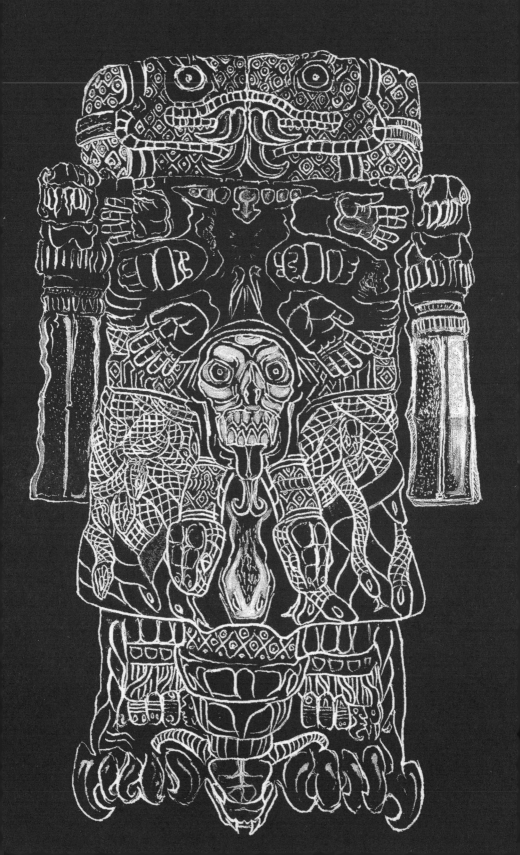

—Te digo que no sé, pero todo el tiempo estoy como a punto de recordar *algo*... Hasta me duele la cabeza... Yo creo que entré en trance... A veces me pasa.

—Aquí hay algo *muy muy* raro... —sentenció Alaín. Todos guardaron silencio porque les pareció escuchar ruidos cercanos. Los ocho aguzaron el oído al máximo durante unos instantes que se les hicieron eternos.

De pronto, a lo lejos, proveniente de la zona donde se vislumbraba un poco de luz, pareció que una figura se acercaba.

—¿Qué es eso? —preguntó Érika.

—Ay, Dios mío —musitó Indra.

—Érika... —dijo Selene, pegándose a Érika.

—Es un viejito... —reconoció Homero.

—Un indio viejito... —precisó Alaín.

En efecto, el viejito ya se hallaba más cerca. Venía dando de tumbos hacia ellos.

—¡Está borracho! —gritó Érika.

Indra, nerviosa, orientó el haz de su linterna hacia el viejito, quien pareció deslumbrarse por la luz y farfulló algo en un idioma incomprensible.

—Dice que no lo alumbres —dijo Pancho.

—¿Y tú cómo sabes? —le preguntó Indra.

—Porque habló en mexicano. Ya no lo alumbres, Indra.

—¿En *mexicano*? —repitió Indra—, ¿tú hablas mexicano? —agregó al desviar la luz.

El viejito ya estaba muy cerca. Efectivamente, se trataba de un indio anciano, muy moreno, y de cabello enteramente blanco; su ropa era sucia y arrugada, del sombrero de palma a los huaraches. Llevaba consigo un botellón de barro y todo él, además, apestaba a alcohol.

—Tengo mucho miedo —susurró Selene.

—¿Y tú por qué tienes miedo, niñita? ¿A poco estoy tan feo? ¿Eh? A ver, dime, ¿estoy hórrido, o qué?

—No, señor —dijo Selene, viendo ahora al viejo con atención. Estaba asombrada porque de pronto ya no sentía ningún miedo.

—¿Qué andan haciendo ustedes aquí, chamacos?

—Andamos de paseo —respondió Alaín—, descubrimos la entrada de esta caverna y nos metimos a explorar.

—Pero no pidieron permiso, ¿verdad? —se quejó el viejito, con aparente severidad.

—¿Pero a quién, señor? —intervino Érika.

—¡Pos a mí, ni modo que a quién!

—¡Pero es que ni siquiera sabíamos que había que pedir permiso! —argumentó Érika.

—¡Pos ya lo saben! —dijo el viejo y, sin más, dio un largo trago al botellón, tras lo cual emitió un sonoro, y pestilente, «¡ahhhhh!».

—Bueno, ¿nos da permiso de andar aquí en la caverna, señor? —preguntó Alaín, muy correcto.

—Sólo si se dan un trago conmigo —replicó el viejito, alzando su garrafón—. A ver, tú primero, escuincla —dijo, dirigiéndose a Selene, mientras se dejaba caer en una piedra.

—¡Yo no, qué!

—Oiga, es una niña, cómo va a beber —protestó Tor.

—Ah chispiajos, por qué no, si esta bebida que yo traigo es medicinal, nomás le falta un grado para ser carne, ya lo sabe todo mundo. Todo lo cura.

—¿Pues qué bebida es ésa? —preguntó Homero, interesado.

—¡Éste sí se va a dar unos pegues conmigo! —exclamó el viejito, riendo pícaramente.

—¡No, Homero! —gritó Yanira.

—No, si yo no, yo nomás preguntaba —explicó Homero.

—¿Esto? ¡Es la pura vida! Es un licor blanco que un amiguito mío, que también es mi tocayo, saca de los magueyes. Se llama téumetl.

—¿Téumetl? —repitió Érika—, pa' mí que es pulque.

—Bueno qué, ¿van a querer o no? ¡Tienen que beber conmigo, y emborracharse bonito, o no les doy permiso de andar por mi casa!

—Oiga, señor, entienda, nosotros estamos muy chicos para beber —replicó Alaín—, si llegamos a la casa oliendo a vino nos matan a palos.

—Pero si no beben conmigo —dijo el viejito, entre risas—, ¡de aquí no salen!

—¿No es cierto, verdad, Yanira? —preguntó Selene.

—No, mi linda.

—Piénsenlo, chamacones, mientras yo me voy a componer un poema —dijo, y, tambaleante, se perdió detrás de una gran roca.

Los muchachos al poco rato escucharon un fuerte chorro de orina que caía y una larga exclamación: «¡Ahhhhhhhh!».

Todos se miraron. No sabían qué hacer, pero, por alguna razón ya nadie sentía temor; varios de ellos, incluso, sonreían. Sólo Pancho seguía sumamente serio.

De pronto, lo que regresó de la gran roca no fue el viejito borrachín, sino un perro flaco, negro, totalmente sin pelo, que gruñó cuando le echaron las luces de las linternas. Todos se quedaron pasmados cuando el perro fue hacia Tor, le olisqueó el pantalón vaquero, los tenis de bota, y sin más alzó la pata y soltó un chorro de orina que le mojó los pies.

—¡Maldito perro desgraciado! ¡Se hizo chis en mí, guácala! —protestó Tor, furioso, tirando patadas.

—Es un perro azteca… —alcanzó a decir Alaín cuando el perro se alejaba de ellos hasta que de pronto se perdió en la oscuridad.

El viejito tampoco estaba. Los muchachos se miraron unos instantes, sorprendidos.

—Esto está *rarísimo* —dijo Alaín.

—De la patada, diría yo —precisó Tor.

—Érika, ¿me das de los chocasitas? —susurró Selene, nerviosa, con los ojos bien abiertos.

—Sí, toma la bolsa —dijo Érika sin darse cuenta. Selene se la arrebató y en el acto engulló un puñado. Érika se dio cuenta de lo que había hecho y procedió a quitarle la bolsa a la niña, quien no pudo protestar porque tenía la boca llena.

Todos habían echado a andar por donde el perro se había ido, pero no veían nada. En todas las direcciones, las luces de las linternas mostraban formaciones de piedra húmeda o la densidad de la negrura, al parecer interminable. De pronto pudieron ver que detrás de unas grandes rocas casi cuadradas parecía salir una pequeña luz. Casi al instante percibieron un olor a tortillas. Se apresuraron hacia allá y se quedaron pasmados al ver que las piedras habían formado una especie de casa, con techo y entrada; por allí vieron, de espaldas, a una señora india muy bonita y elegante que echaba tortillas; se encontraba en el centro del lugar, sentada en cuclillas sobre una gran plataforma de piedra de medio metro de altura, donde había también unos pedruscos de buen tamaño que hacían de brasero y, encima de éste, un comal de barro que recibía la masa aplanada y redondeada que la señora echaba allí. La luz era baja, rojiza, pero cálida.

Olía delicioso. De pronto los muchachos sintieron hambre, y grandes deseos de descansar. Todos se miraron entre sí, temerosos de hablarle a la mujer. Sin embargo, al poco rato escucharon que ella, de espaldas, pero como si los estuviera viendo, les decía:

—Pasen, niños, siéntense.

Tor y Selene fueron los primeros en entrar. Fueron hasta la mujer y la miraron con curiosidad. Tras ellos llegaron Érika, Alaín, Indra, Yanira, Homero y Pancho.

Ella tomaba las bolitas de masa que ya tenía preparadas, las palmeaba suavemente, hacía la tortilla casi con delicadeza, incluso con elegancia, la ponía en el comal, volteaba las que ya tenía, o las retiraba y las ponía en una cesta de paja, sobre una servilleta bordada que decía «te amo». Junto al comal había ollas y sartenes de barro con varios guisados. Pero ella los impresionó más que nada y los llenó de una rara emoción; vestía un huipil elegantísimo, oscuro y con pequeños brillos centelleantes, como estrellas en el firmamento; se cubría la cabeza con un rebozo blanco, que le caía como ladera de nieve. Era muy hermosa, morena, de facciones finas y de edad indefinida, de aire sereno y majestuoso. Estar con ella despertaba deseos de recostarse y ser apapachado; de estar calientito, tomar chocolate y oír un cuento mientras afuera arrecia la tormenta.

—A ver, ¿qué van a querer? Hay nopalitos con queso y rábanos, calabacitas con carne de armadillo, un molito con guajolote, codornices en pipián, elotes y frijolitos. Para beber, tengo agua de chía.

Todos se miraron, pasmados. Descubrieron que se sentían muy contentos, tenían deseos de reír y sólo lograban sonreír con timidez porque la presencia de la señora también imponía.

—Sí, muchas gracias —dijo Érika.

—De nada, niña, pero ¿qué van a querer?

—Yo, del mole —pidió Selene.

—¡Yo también! —exclamó Érika.

—Yo, nopales y codorniz —añadió Indra.

—Yo quiero del guiso de calabacitas con ¿qué? ¿Carne de *armadillo*? ¿Y ésa qué tal sabe? —preguntó Alaín.

—Sabe retebonito —respondió Pancho.

—Él sí sabe, háganle caso —dijo la señora, que ponía tortillas sobre platos de barro, los llenaba con los guisados que le habían pedido, y los pasaba a los muchachos, que ya se habían arrimado al brasero.

—Yo quiero de todo, señora —aclaró Tor, relamiéndose.

—Hijos, maldito gordo, luego luego abusas —dijo Homero.

—Seño, qué buena es usted —dijo Selene.

—Ay sí —corroboró Indra.

—Y yo que tenía tanto miedo —musitó Selene.

—¿De qué tenías miedo, niñita? —preguntó la señora, que seguía distribuyendo los platos.

—Pus no sé. *De todo…* Pero más del viejito loco que nos encontramos.

—Aquí tienes, niño —dijo la señora, y preguntó después—: A ver, ¿a qué viejito se encontraron?

—A un señor que andaba *borracho* —respondió Yanira—. ¿Usted cree, señora? ¡Quería que nos emborracháramos!

La señora rio mientras servía más platos. Se oían las voces de los que ya comían y que comentaban: «Qué delicia», «Oye, esto está riquísimo tú», «No, hombre, y no has probado *el armadillo,* está de superbuenísima onda».

—Ah, ya sé quién es. No le hagan caso —dijo la señora—. ¿Tú qué quieres, niña?

—Del molito, por favor —replicó Yanira.

—¿Y quién es, eh? —preguntó Alaín, mordiendo su taco.

—Yo quiero del armadillo con calabacitas, y un poco de nopales —pidió Homero.

—¡Y nosotros que trajimos sándwiches! —se rio Selene.

—¡Qué diferencia!

—Sí, trajeron sus sangüis —dijo Pancho a la señora.

—¿Quién es, pues? —repitió Alaín, con la boca llena.

—¿Tú de qué quieres, mhijito? —le preguntó la señora a Pancho.

—¿Yo? ¡Armadillo!

—Yo también quiero probar el armadillo —dijo Selene.

—Chiquita chiquita, pero bien tragona, ¿no? —comentó Yanira.

—Yo también quiero probar el arma —agregó Érika.

—Quién es, dígame, ¿no? Pélenme, caray —insistió Alaín.

—¿Quién es quién? —preguntó Indra.

—El viejito borrachín.

—Ah. Es un travieso, siempre se la pasa haciendo bromas. Él dice que son sus embustes —explicó la señora.

—Pero ¿cómo se llama?

—Aquí le decimos Tezca, o Titla —respondió la señora, con una sonrisa dulce, mientras los veía engullir. «Pobres chamaquillos», parecía pensar, «se estaban muriendo de hambre».

—Sí, así dijo que se llamaba —corroboró Homero.

—¿Dónde es aquí? —preguntó Alaín—, ¿dónde viven ustedes?

—Pues aquí —respondió la señora, mirando con suavidad a Alaín, quien sintió una paz enorme y un gran gusto de estar allí.

—¿Y qué hace, eh? Digo, el borrachito.

—Supongo que pronto lo conocerás mejor… Ya verás por ti mismo todo lo que es capaz de hacer.

—Señora —intervino Tor—, ¿me puede dar otro poco?

La señora asintió, tomó el plato y le volvió a servir. Todos comían con gran apetito, pero en silencio. Una paz muy grande les había llegado a todos, así es que sólo comían y disfrutaban esa callada felicidad. Pronto Selene hizo a un lado el plato, y miró a la señora, quien a su vez le sonreía.

—Ay, seño —dijo—, muchas gracias, estaba riquísimo. Yo creo que ya me hacía falta porque palabra que como que me siento más fuerte.

—Es que eres una tragona, qué —dijo Érika.

—¿Ya no quieres más?

—No, ya no —replicó la niña y se recostó un poco en el filo del huipil, al pie de Tona—. ¿Cómo te llamas? —le preguntó.

—Tona.

—Híjole —exclamó Érika—, qué pelados somos, no le hemos dicho nada a la señora, ni siquiera cómo nos llamamos.

—Pero yo ya sé quiénes son ustedes —replicó ella, con una sonrisa—, tú eres Érika; tú, Alaín; tú, Yanira; tú, Indra… y Homero… tú te llamas Selene, y este muchacho tan bonito dice que se llama Pancho.

—No dice —precisó Alaín—, sí se llama Pancho.

Tona miró enigmáticamente a Alaín, quien sintió de pronto una rarísima sensación; era como si de pronto comprendiera que había infinidad de cosas que él no sabía y eso lo llenaba de un anhelo muy grande por aprender, y de vergüenza también, porque siempre pensaba que él se las sabía «de todas, todas»; también se dio cuenta de que Pancho se había quedado como suspendido en el aire.

—Bueno, ¿y quiénes son estos escuincles? —dijo una voz femenina que los sobresaltó a todos.

—Ah, Chico, ya llegaste —dijo Tona, dirigiéndose a una mujer de mayor edad, delgada y de aire enérgico; también era morena, vestía un bello huipil rojo, una diadema que era una verdadera corona y traía un vaso en la mano—. Estos niños descubrieron la entrada.

—No puede ser.

—Sí puede ser y tú lo sabes muy bien. Es más, aquí están ya. Míralos —agregó Tona, porque Chico se dirigía exclusivamente a ella y en ningún momento se había vuelto hacia los muchachos.

—¿Los miro?

—Míralos.

—¿Y los demás? ¿Ya lo saben?

—Chico, qué preguntas.

—Bueno, es que a mí realmente esto no me interesa, bastantes cosas tengo que hacer para que esté en todo. Ahí sabrán.

—¿Los vas a mirar o no?

Chico suspiró y finalmente enfrentó a los jovencitos, quienes habían permanecido atónitos durante el intercambio de las mujeres, que hablaban como si ellos no estuvieran allí; Tor incluso se había quedado con un taco de nopales en la mano.

Chico avanzó unos pasos hacia ellos, haciendo girar el vaso que llevaba. Los miró con una sonrisa un poco dura, pero de pronto vio a Pancho y la sorpresa la hizo demudarse. Él, por su parte, sintió que ya conocía a esa mujer, a pesar de que era la primera vez que la veía en su vida. Se dio cuenta de que la miraba directo a los ojos y que al hacerlo se establecía una corriente muy fuerte entre los dos. Pancho pensaba que algo se acomodaba dentro de él y que ¡pronto iba a saber algo muy importante! Pero era de lo más incómodo estar a punto de recordar algo que no acababa de concretarse.

—Pues ella es Chico —dijo Tona a los muchachos, señalando a la mujer que miraba fijamente a Pancho.

—Tienes un gran descaro al regresar aquí después de todo lo que pasó —le dijo.

—¿*Yo*? —preguntó Pancho, atónito.

—Sí, tú, no te hagas. Espero, al menos, que cumplas lo que ofreciste.

—Pero si yo nunca la he visto en mi vida…

—Hazte… hazte…

—Chico, ya déjalo —pidió Tona.

—¡Es que todo se está cumpliendo, Tona! —exclamó Chico.

—Así es.

—Pues yo no sé —replicó Chico, de nuevo con aire enérgico y diligente—. Yo hago lo que me corresponde y nada más. Y ya es bastante. Tona, ya están en el almacén las cajas de huevos, los mariscos, la carne, hay venado, iguana, rana, codorniz, faisán, chapulines, de todo, y las verduras y las especias. No falta nada. Si ves a Tema, dile que ya están todas las yerbas y los ungüentos que me pidió. No sabes qué lata da, Tona. Y tú también —añadió; ya iba de salida cuando se detuvo y fue con Pancho. Le acarició una mejilla—. Mira, a mí realmente no me importa nada, pero ya ves cómo son los demás… A ver cómo nos va esta vez… —dijo, suspirando.

Después se fue, rapidito, por una especie de puerta entre las piedras.

—No hay nada de luz aquí —dijo, y movió una mano suavemente. Al instante se hizo una tenue luz y lo que parecían piedras era un corredor pintado de color crema con grecas y flores estilizadas.

—Más vale que les presente a las demás —dijo Tona a los muchachos—. Vengan.

—¿Ahorita? —dijo Yanira—, aquí estamos tan a gusto.

—Vamos de una vez.

—Selene se durmió —avisó Érika.

En efecto, la pequeña se había quedado dormida junto a la plataforma de piedras donde Tona echaba las tortillas.

—Es que tragó como marrana —dijo Tor.

—Mira quién lo dice —deslizó.

—Pobrecita… —musitó Tona—. Mejor que descanse. Le voy a dejar mi cocuyito para que nos encuentre cuando se despierte.

—Mejor la despertamos, ¿no? —pidió Érika—, se va a perder *todo*.

—No —replicó Tona—. A lo mejor nos encontramos a las ciguas, que son una lata con los niños más chicos. Los *huelen*.

—Ay ¿pues qué les hacen? —preguntó Yanira.

—Molestan. Aquí está bien. Yo sé lo que les digo.

—¿Quiénes son las ciguas…? —dijo Alaín, pero mejor guardó silencio al ver que de un morral de manta fina Tona extrajo algo que resplandecía. Todos la rodearon, llenos de curiosidad. «Qué bonito», decían, «¿qué es, eh?» Tona abrió la mano y mostró una pequeña luciérnaga, que destellaba en bellos tonos cambiantes.

«¡Guau!», comentaban ellos, «¡está padrísima!», «¡Está jefe!», «¡Buenísima onda!», «Es otra cosa», «¿La puedo tocar?».

Tona colocó la luciérnaga sobre la cabeza de Selene.

—Aquí te quedas hasta que la niña despierte —ordenó—, y luego me la llevas a donde estemos.

La luciérnaga cintiló intensamente como si dijera «sí».

—Vénganse —dijo Tona, se levantó y echó a andar por el corredor de paredes color crema.

—¿No le va a pasar nada? —preguntó Érika.

—Nada. No tengan miedo. Vengan.

Todos la siguieron, mirando fascinados a la pequeña luciérnaga resplandeciente y fija sobre la cabeza de Selene, quien parecía dormir serenamente.

Caminaron por el pasillo, por donde veían abrirse puertas con marcos de piedra esculpida o grandes salones en penumbra.

De pronto escucharon un fuerte ruido de agua; primero parecía un arroyo cercano; después, una cascada, y finalmente era un estruendo como de olas que retumbaban.

—¿Qué es eso? —preguntó Alaín.

—Sí, qué es —repitió Érika.

—Parece un río subterráneo —propuso Homero.

—Un mar subterráneo —precisó Alaín.

—No —dijo Tona—, es Chalch, que le gusta ponerse a cantar.

—¿*A cantar?* —preguntó Alaín.

—¿*Chalch?* —agregó Érika.

—Sí —dijo Tona—, tiene muy buena voz.

El estruendo era cada vez mayor, y los muchachos se miraban con ojos inquisitivos, pero, a diferencia de antes, todos sentían más curiosidad que temor ahora que andaban con Tona.

Llegaron pronto a un gran salón adornado con imágenes de serpientes, águilas y jaguares. En el fondo se encontraba una mujer vestida con un huipil azul claro a franjas y estampas de caracolitos. También llevaba aretes de concha y un collar de joyas en el que destacaba una gran medalla de oro en el centro de los senos. No parecía ni joven ni vieja. En efecto, se hallaba cantando, y el sonido que producía semejaba los tumbos del mar. Los muchachos se miraron entre sí, fascinados. La mujer ahora alzaba el brazo y el sonido que salía de su boca, la estruendosa caída de las olas, era tan fuerte que ellos incluso entrecerraban los ojos y les parecía sentir las brisas del mar en la cara.

—Es Chalch. ¿Les gusta cómo canta? —preguntó Tona.

Nadie le contestó. Cada uno de ellos había caído en una especie de ensueño.

Tor con toda claridad sentía que bajaba los rápidos de un río entre la corriente que estallaba en las rocas. Era un vértigo maravilloso.

Érika, a su vez, se hallaba entre las olas que caían; las recibía con clavados, viajaba con ellas a la orilla, las desafiaba plantándose sobre la arena del suelo para que no la arrastraran.

Indra sentía que el mar rompía a los pies del acantilado altísimo donde ella contemplaba la puesta de sol.

Yanira pescaba en la popa de un gran barco en un río ancho y sereno.

Homero podía respirar bajo el agua, como pez, y buceaba con suavidad recogiendo las joyas del fondo; después salía a la superficie y contemplaba una enorme luna llena.

Alaín, por último, había encontrado el punto exacto donde la corriente del mar recibía a un gran río que ahí desembocaba; a su lado derecho podía ver un grupo de garzas que se refrescaban en la orilla; en el izquierdo, varios zopilotes tranquilamente devoraban el cadáver de un burro a la luz incandescente del mediodía.

Pancho, por su parte, sintió que él mismo era el agua; «qué bueno que regresaste», oyó que decía la voz de Chalch, «a ver si contigo aquí mejoran las cosas. Tú y yo tenemos que hablar, no te vayas a hacer el desaparecido». Tona contempló a los muchachos mientras ensoñaban; el encanto se rompió cuando Chalch dejó de cantar y se acercó a ellos.

—Chalch —dijo Tona—, éstos son los niños que descubrieron la entrada.

—Sí —respondió Chalch—, ya me asomé en ellos para ver cómo andan.

—¿Y cómo andamos? —preguntó Érika—, ¿verdad que necesito que me hagan una limpia?

—¿Y dónde estamos? —preguntó Alaín.

—En la panza del Tepozteco, ¿a poco no lo sabías? —replicó Chalch.

—¡Pero no puede ser! ¡Ni que estuviera soñando!

Chalch y Tona se echaron a reír.

—¿Quieres que te dé un pellizco para que veas que no estás soñando? —dijo Chalch a la vez que pellizcaba con un solo apretón fuerte a Alaín, quien se retorció dando un brinco.

—¡Ya ya! ¡Me doy! ¡Pido tain, pido tain! —exclamó él, retorciéndose.

Todos rieron. Chalch se iba retirando siempre de frente a ellos; pronto se disolvió en la penumbra y ya no la vieron más.

—Entonces qué —le dijo Homero a Alaín—, ¿estamos soñando o no?

Todos volvieron a reír. Sin embargo, las risas se congelaron porque vieron acercarse lo que les pareció la aparición más horripilante del mundo. Era una mujer inmensa, espantosa, vestida de color café oscuro, llena de calaveras, muy alta y corpulenta, morenísima, de cabellos enroscados y aire feroz.

—¡Escóndanse! —les dijo Tona—, y no salgan hasta que yo los llame —agregó, y señaló hacia el salón que habían dejado.

Los muchachos regresaron con rapidez, pero Alaín, Tor y Érika trataban de ver hacia afuera, donde la gran mujer se aproximaba con grandes pasos que resonaban en el corredor, como si una montaña pudiera caminar.

—Gloriosa señora, gran madre Coatlicue —decía Tona—, ¿a dónde vas tan de prisa?

—Mira, chamaca —respondió Coatlicue—, a mí no me engañas, aquí hay algo raro, desde hace rato estoy sintiendo presencias que ya casi había olvidado. Algunos de los de afuera se metieron aquí, y ahora estoy segura de que tú los escondes. Dámelos ahora mismo para entretenerme con ellos y después sacrificarlos a mi hijo.

—No, no —replicó Tona, con suavidad pero con firmeza—, madre nuestra, todo eso se acabó hace mucho tiempo…

—No para mí. Dámelos, Tona, o lo vas a lamentar. Hace mucho que mi ira no te visita. Acuérdate. A ti también te duele.

—A mí me duele más que a nadie —respondió Tona con un suspiro.

—Entonces haz favor de entregármelos ahora mismo, porque si tengo que ir a buscarlos *detrás de alguna puerta* me voy a molestar y será peor para ellos. Cada segundo que me impaciento aumentará la intensidad de mi venganza.

—Madre grande, con todo respeto, ¿por qué no vas y armas un buen terremoto allá afuera, para que te aligeres un poco?

—Tona, ¡no te atrevas a faltarme el respeto! —exclamó Coatlicue; a continuación hizo una señal y la tierra abrió una grieta enorme a los pies de Tona, quien, sin embargo, no cayó en el abismo, sino que simplemente quedó suspendida, flotando, en ese mismo sitio.

—¡Ahora ahí te quedas! —dijo Coatlicue, y con nuevo ademán congeló a Tona en el aire.

—Con todo respeto, madre Coatlicue, no tengo tiempo para ponerme a jugar —replicó Tona.

Los muchachos, que escuchaban empavorecidos del otro lado de la puerta, de pronto se dieron cuenta de que en torno a ellos se formaba una esfera transparente, y todos se sujetaron lo mejor que pudieron a las paredes invisibles porque en ese momento salieron disparados a una velocidad tremenda hacia arriba; traspasaron el techo y la montaña misma del Tepozteco, salieron a la superficie y volaron velozmente por encima del Ajusco; vieron aparecer de pronto la inmensa mancha de la Ciudad de México, con su terrible y viscosa nube color salmón pendiendo ominosamente encima de ella; subieron hasta lo que pareció lo más alto, casi el borde donde el cielo se volvía firmamento, y allí se detuvieron. Abajo se extendía gran parte del continente, los océanos y numerosas nubes, pero no era hora de contemplar la belleza imponente del paisaje, pues advirtieron que Tona se hallaba junto a ellos, suspendida en el aire del otro lado de la esfera. Sin embargo, a toda velocidad apareció la figura terrible de la gran Coatlicue.

—¡Pero qué te crees tú! —rugía Coatlicue—, ¡entrégame ahora mismo a esos escuincles!

—Lo siento, madre —replicó Tonantzin con paciencia—, pero están bajo mi protección.

—¿Ah sí? ¡Pues ahora verás!

Los muchachos sintieron un vacío en el estómago cuando la esfera en la que se hallaban salía volando una vez más hacia lo que parecía la negrura del espacio exterior. Todos se sujetaban como podían entre ellos mismos y a la pared invisible, porque la esfera giraba y se desplazaba a la velocidad del vértigo. Cuando estaban a punto de salir de la luz de la atmósfera al vacío del más allá, todos alcanzaron a ver que Tona, ahora inmensa, los esperaba en el borde; Tona detuvo el vuelo de la esfera y, con un golpe del antebrazo, la proyectó de nuevo hacia abajo.

Ellos tuvieron que sujetarse nuevamente con el nuevo impulso y advirtieron que Coatlicue se desplazaba como una raya negra en la misma trayectoria, hasta que alcanzaba a devolver la esfera al aire con un nuevo golpe de sus enormes brazos. Todo volvió a girar para los pobres muchachos y ellos apenas se dieron cuenta de que se dirigían hacia una nube que formaba una circunferencia perfecta, como una letra O, y que pasaban apenas a unos cuantos metros de su centro.

—¡Madre! —oyeron que decía Tona—, ¡en estos últimos siglos has perdido el tino!

Tona ya se había desplazado hacia donde caía la esfera transparente para recibirla con un golpe del codo que la regresó hacia la nube circular, sólo que esa vez sí pasó por el centro exacto.

—¡Ay nanita! —gritó Tor—, ¡estas rucas malditas están jugando básquetbol con nosotros!

—¡Cuál básquetbol! —precisó Homero, aterrado—, ¡éste es el viejo juego de la pelota de los aztecas, sólo que en las nubes!

—¡No se miden! —dijo Érika.

—¡Híjole, yo estoy mareadísima! —alcanzó a musitar Indra.

—¡Yo también! —replicó Tor—, ¡pero este cotorreo es una buenísima onda!

—¡Estás loco! —gritó Yanira.

—¡Uuuuups! —dijo Érika porque Coatlicue había dado un nuevo golpe a la esfera y allá iban otra vez hacia la nube circular, sólo que, de nuevo, no alcanzaron a pasar por el centro.

—¡Detente ya, madre! —indicó Tona desde lo alto—, ¡ya estás fuera de práctica!

Los muchachos pudieron ver que el rostro de Coatlicue se ennegrecía y que semejaba una oscura serpiente llena de furia. Con un movimiento de su mano ella hizo que la esfera se detuviese para después enviarle un pequeño fuego negro que golpeó las paredes transparentes y empezó a extenderse por toda la superficie. Los muchachos, aterrados, vieron que un humo oscuro y pestilente estaba a punto de entrar en el interior.

—¡Ay, ay! —chilló Yanira—, ¡nos vamos a asfixiar!

—¡Mira! —indicó Alaín, y todos sintieron que un aroma fragante, de flores, los envolvía y ahuyentaba el apestoso humo negro. Tona, ahora junto a ellos, soplaba suavemente hacia la esfera.

—¡Guau! —exclamó Tor, fascinado.

—¡Qué delicia de aroma! —dijo Indra.

Coatlicue, a lo lejos, parecía más furiosa que nunca y su mirada hacía estremecer a los muchachos. De repente, se impulsó con sus brazos gigantescos y pegó un salto descomunal, se perdió de vista en la negrura del espacio y de pronto regresó con una velocidad vertiginosa y, antes de que Tona pudiera hacer algo, cayó encima de la esfera transparente.

Los muchachos sintieron un golpe terrible sobre sus cabezas y advirtieron que la esfera se desplomaba de nuevo hacia abajo, y que de pronto se hundía en el Tepozteco. Con toda claridad, aunque fugazmente, vieron abrirse las paredes de la montaña con un movimiento tremendo de tierra, arena, rocas y peñascos. De súbito se hallaban de nuevo en la gran caverna. La esfera transparente se había deshecho y olía a quemado por todas partes.

—¡Corran! ¡Corran! —oyeron la voz de Tona que parecía salir de sus cabezas—, ¡huyan! ¡Yo los encontraré más tarde!

Salieron corriendo a gran velocidad ya que, por encima de sus cabezas, la montaña temblaba, trepidaba. Alcanzaron a encender sus linternas sólo para meterse por un túnel húmedo y oscuro; apagaron las luces después porque intuyeron que era mejor correr a oscuras para que Coatlicue no los alcanzara. Era evidente que la inmensa mole femenina andaba detrás de ellos. Sin embargo, mientras corrían tropezando por los túneles, sintieron que el peligro ya no era inmediato.

—Ya no corran —dijo Pancho con una voz extrañamente firme y serena—. Tonantzin está distrayendo a nuestra madre.

Él mismo se interrumpió, sorprendido por lo que había dicho.

—¿Cómo sabes? —preguntó Alaín, cada vez más sorprendido.

—Sí, ¿cómo sabes? —repitió Érika.

—No sé —respondió Pancho, aún desconcertado—, pero así es.

Alaín miró profundamente a Pancho, su gran amigo indio de Tepoztlán; no lo reconocía del todo. Las cosas sucedían de tal manera que ahora todo le resultaba distinto. Alaín se daba cuenta de que algo muy extraño ocurría con Pancho, y creía que estaba a punto de comprender, pero nunca llegaba a hacerlo.

Pancho ahora se había quedado muy quieto, como si oteara algo en el ambiente.

—Vámonos —dijo de pronto. Echó a andar por la oscuridad del túnel y todos, muy juntitos, lo siguieron sin chistar.

—Hace frío… —se quejó Yanira.

—¿Y Selene? —repitió Érika, más bien para sí misma.

—No hay problema con ella —respondió Pancho, de nuevo con esa voz firme, llena de autoridad, que ese día le salía con frecuencia y que aperplejaba tanto a Alaín como a Pancho mismo.

—¿A dónde vamos, Pancho? —pregunto Érika.

—Sí —repitió Alaín—, ¿a dónde vamos?

—Por aquí.

—No se ve nada —dijo Yanira.

Efectivamente, la oscuridad era casi total, pero no se atrevían a encender las linternas para no llamar la atención. Pancho avanzaba por túneles serpenteantes con rapidez, como si conociera muy bien el camino, y eso daba cierta seguridad a los demás, que lo seguían en silencio.

Pero los siete ahogaron una exclamación y se quedaron con la boca abierta cuando, de pronto, al salir de un recodo, encontraron un pequeño jardín interior lleno de plantas y flores, bañado por una bella luz tenue y sedante. No había nadie allí; sólo se veían en las paredes pinturas coloridas que ilustraban viejas escenas de la vida azteca: un mercado lleno de gente bajo la profusa luz del sol, un hospital en el que los cirujanos hacían delicadas operaciones en el cráneo, observatorios donde astrónomos de grandes penachos anotaban los movimientos de los cielos, batallas de multitudes en canoas y grandes embarcaciones, ciudadelas llenas de pirámides de distintos tamaños, jardines con quetzales, pavorreales, pájaros, serpientes y jaguares.

Los muchachos, pasmados, miraron el jardín llenos de una fascinación profunda, reverente y emocionada. Un leve temor envolvía a todos.

—¡Qué buena onda! —susurró Homero.

—Sí —agregó Indra—, esto es lo más bonito que he visto en mi vida…

—Se está tan bien aquí… —suspiró Érika, finalmente relajada.

—¡Miren! —avisó Tor, señalando los murales.

En ellos, todo se animaba. En el mercado la gente se movía, compraba, vendía, curioseaba; los huipiles y los penachos relucían bajo la luz cenital, y las voces de los vendedores se confundían con el estrépito del movimiento y de los incontables animales; en las batallas el estruendo se mezclaba con las nubes de polvo, con las flechas, lanzas y proyectiles que cruzaban por el aire, los ejércitos se enmarañaban en combates cuerpo a cuerpo, los tambores resonaban y los estandartes ondeaban en el aire revuelto…

—¡No, hombre, esto es otra cosa! —exclamó Tor, entusiasmado—, ¡es mil veces más padre que los juegos de video!

… En el mural animado de la ciudadela, la puerta de una de las pirámides se abría con lentitud. Tras ella refulgían luces brillantes.

—¡Vamos! —indicó Pancho.

—¿A dónde? —preguntó Alaín.

—Por allí —replicó su amigo, señalando la puerta que se abría—, ésa es la raja de los mundos…

—La *¿qué?* —alcanzó a preguntar Tor, pero Pancho y los demás ya se dirigían a los murales.

La puerta de la gran pirámide ya se había abierto y los siete muchachos entraron a través de ella…

III

...**D**el otro lado, los muchachos se quedaron pasmados.
Ante ellos se desplegaba un gran patio de esplendores maravillosos. Los enormes bloques de piedra se hallaban cubiertos por intrincados diseños de serpientes estilizadas; había
también fuentes rodeadas de plantas y flores; inmensas esta-
tuas labradas y cubiertas con piedras preciosas, y cortinajes
de telas finísimas, de colores animados. En los altos árboles, oyameles y ahuehuetes, se podía ver una gran cantidad
de pájaros que cantaban, y varios quetzales soberbios, de
plumas verdes y resplandecientes, no parecían temer a las
águilas que reposaban en lo alto de los muros cubiertos de
enredaderas. Una efervescente quietud llenaba todo el gran
patio.

—Qué es esto, Dios mío —susurró Indra, boquiabierta.

—Es un sueño... —dijo Érika.

—Sí, es un sueño —corroboró Alaín.

—No, muchachitos —resonó una voz—, ésta es la casa real del señor Huitz.

Los muchachos se volvieron en dirección de la voz. A su lado ahora se hallaba un hombre alto, delgado y fuerte; estaba casi desnudo, a excepción de un calzón carmesí y un sombrero de plumas que parecía corona; era más rojo que moreno, con una pequeña barba; tenía un arete en una oreja, y sus ojos, que en esos momentos parecían flamas tenues, miraban a los muchachos a través del agujero que había en la mitad de su tlaqui, un cetro de oro que sostenía en la mano.

—Vengan conmigo —les dijo, con una sonrisa cálida y un tanto burlona.

Ellos se encontraban petrificados. Alaín alcanzó a ver, con una esquina de los ojos, que Pancho parecía hundido en una especie de estado de trance y que respiraba pesadamente.

—Pero… ¿usted quién es? —preguntó Érika, a la defensiva.

—Yo soy Xiutecutli. No tengan miedo. La señora Tonantzin me pidió que los recogiera tan pronto como entraran aquí.

Érika y Alaín, sin darse cuenta casi, se volvieron a ver a Pancho.

—Sí —dijo Pancho, con los ojos entrecerrados y la respiración pesada—. Vamos con él. Es el señor del fuego.

—No se demoren —insistió Xiute—. Aquí hay quienes los buscan para hacerles daño.

Ante esto, todos se movieron con rapidez y entraron en un gran salón.

—¿Quién quiere hacernos daño? —preguntó Alaín.

—¿Y por qué? —reforzó Tor—, nosotros no hemos hecho nada.

—En este lugar nadie penetra —respondió Xiute—; está clausurado desde hace quinientos años. Ustedes entraron, y muchos aquí se han molestado —Xiute se interrumpió al oír, no lejos de allí, pasos y movimientos de gente armada—. Ya están aquí —agregó, con una sonrisa enigmática—. Súbanse en mi carro. Pero muévanse.

—¿Cuál carro? —preguntó Homero.

—Ah sí —dijo Xiute. En ese momento hizo un ademán circular con la mano, del cual se desprendieron chispas, y paulatinamente apareció un carruaje hecho de pequeñas llamas, sin ruedas, suspendido en el aire.

—¡Guau! —exclamó Tor.

—Vamos, suban —indicó Xiute.

—¡Pero si está *quemándose*! —dijo Yanira.

—No les pasará nada —explicó Xiute, advirtiendo que los pasos eran cada vez más cercanos—. Niños, ¿qué esperan? Suban o será tarde.

Subieron en el carro, pasmados al ver que las llamas no los quemaban sino que, por el contrario, eran suavecitas y acariciantes. Xiute se colocó al frente; tomó su cetro de oro, introdujo el orificio por donde miraba en una palanca, y oprimió; el carro avanzó por el aire, a una corta distancia del suelo. Recorrieron distintos salones vacíos y, por donde pasaban, escuchaban voces y ruidos amenazantes. Tor se colocó junto a Xiute, quien controlaba la palanca de la dirección.

—Señor —dijo—, ¿cómo se maneja esta cosa?

—Con mi tlaqui —respondió, señalando el cetro—. Es muy fácil. Lo mueve uno a los lados, o para arriba o abajo, según se quiera ir.

—¿Y para acelerar?

—Se aprieta más fuerte el tlaqui. Si se quiere ir muy despacito nada más hay que rozarlo con un dedo.

En ese momento iban a buena velocidad. Salieron de un pasillo, pasaron por un jardín interior y entraron en un nuevo salón, inmenso.

—¡Qué padre! —exclamó Tor—. Oiga, señor, este, ¿no me da chance de manejar un poquito?

—Quizá después —respondió Xiute—, ahora debemos tener mucho cuidado. Nos están buscando.

—¿Quiénes? ¿Cómo sabe? —intervino Alaín.

—¿No lo sienten? —les preguntó Xiute, un tanto sorprendido.

—Sí, nos están persiguiendo —dijo Pancho, aún con los ojos entrecerrados.

—Él sí se da cuenta —replicó Xiute, haciendo que el carruaje de fuego diese una vuelta para entrar en un corredor lleno de enormes figuras de piedra—, pero en él es normal.

—¿Por qué es normal? —preguntó Érika.

—Sí, ¿por qué? —reforzó Alaín.

—Porque Pancho es indio —explicó Homero.

—Yo ya sé manejar —lo interrumpió Tor, ufano—, pero mi papá no me presta el coche. Tenemos un Taurus y un Thunderbird. Pero éste está mucho más efectivo… Dice que todavía estoy muy chico.

—¿Quién? —preguntó Xiute, sonriendo.

—Mi papá. Pero ya cumplí trece años. Qué chico voy a estar.

—No estás chico, buey —comentó Homero—. Estás gordo.

—Tú no te metas, tarado.

—¿Y por qué es de fuego este carro, señor? —preguntó Érika.

—¿Y por qué *no nos quema*? —agregó Alaín.

—Bueno —respondió Xiute, oprimiendo la palanca, lo cual hizo que el color rojo se encendiera más—, el fuego es mi naturaleza.

—¡Uuuuuuy! —dijo Yanira, porque la velocidad había aumentado notablemente.

—Ya están aquí —avisó Xiute.

—¿Quiénes? —preguntó Alaín—, yo no veo a nadie.

—Ahí están —dijo Pancho, con los ojos casi cerrados. En ese momento vieron que un grupo de hombres armados con pesados mazos de piedra se hallaban frente a ellos bloqueándoles el camino.

—¡Agárrense! —avisó Xiute.

El carro adquirió una velocidad tremenda, arremetió contra los guerreros, los derribó y siguió adelante.

—¡Chuza! —exclamó Tor, entusiasmado—, ¡qué chingón!

Iban a una velocidad tremenda entre los grandes e interminables salones de la casa real.

—¡Nos están siguiendo! —gritó Homero, al ver que de un salón aparecían cinco extrañas naves flotantes, con forma de canoa, tripuladas por guerreros con penachos y escudos.

—¿Quiénes son? —preguntó Alaín.

—Son tlaloques, gente menor —respondió Xiute—, de un rango muy inferior al mío, pero pueden causarnos problemas. También hay algunos mictlanes. Cuidado con ésos.

De las canoas voladoras surgían innumerables lanzas, flechas y extrañas bolas metálicas que zumbaban a su lado.

—¡Nos están disparando! —gritó Homero.

—¿Pero con qué? —preguntó Alaín.

—¡Nos la pelan! —gritó Tor.

—Nos cubriremos —dijo Xiute.

Hizo un ademán con el dedo índice, y en ese momento los proyectiles que pasaban cerca se achicharraron como si se sumergieran en un fuego invisible.

—Qué bárbaro, señor, ¿cómo le hace? —preguntó Tor.

—Nada más le puse el escudo.

—¡Ah, ya sé! —dijo Tor—, ¡es como en las naves espaciales de las películas, que tienen sus escudos protectores!

Los proyectiles seguían cayendo alrededor del carro o se consumían al entrar en contacto con el escudo del carro, que Xiute conducía hábil y velozmente.

—Ay, Dios mío, no sé para qué nos metimos en esa cueva —comentó Yanira, pálida aún por la rapidez y los disparos—. Qué horror, ¿verdad, manita? —le dijo a Indra.

—¿Ya te fijaste que este señor está *guapísimo*?

—¡Usted también suéneselos, señor! —decía Tor—, ¿dónde están los misiles? Si quiere, yo los lanzo.

—Ya cállate, Héctor; rebuznas —le dijo Alaín.

—Me llamo Tor, señor —explicó Tor a Xiute—, y tú no te hagas el chistoso —le advirtió a Alaín, quien reía quedito.

—Bueno, es hora de quitarnos de encima a estos tlaloquetes —dijo Xiute.

En ese momento el carro se detuvo por completo; las canoas no pudieron frenar a tiempo y se incrustaron y se consumieron con infinidad de chispas en el escudo del vehículo.

—¿Dónde están? —preguntó Tor, al ver que las canoas atacantes habían desaparecido.

—Se evaporaron —explicó Xiute, sonriendo.

—¿Ya los mató? —preguntó Tor.

—No no, ésos no se pueden morir. Al rato se condensarán y recuperarán su forma, pero para entonces nosotros ya estaremos con Tonantzin. Vámonos —añadió—. No hay tiempo que perder.

Sin embargo, los muchachos se dieron cuenta de que Xiute se había quedado muy serio.

Frente a ellos había aparecido un hombre extremadamente fuerte y robusto, de pelo largo, lacio, que le caía hasta la cintura; su piel relucía, como si estuviera mojada. Con él se hallaba otro ser que aterró a los muchachos al ver que tenía el cuerpo desnudo, cubierto apenas por pellejos humanos, sangrantes, en distintos grados de descomposición. Los dos tenían cetros en las manos.

—Esto no va a ser fácil —dijo Xiute.

—¿Quiénes son? —preguntó Alaín.

—El de la piel de lluvia es Tláloc, y el que lo acompaña se llama Xipe Tótec. Vienen por nosotros y va a ser difícil escapar.

—¿Pero para qué nos quieren? —preguntó Yanira.

—Para llevarlos con Huitz.

—¿Huitz? ¿Cómo *Huitz*? —preguntó Alaín—, ¿no será *Huitzilopochtli*, el de los sacrificios humanos?

—¿Nos van a *sacrificar*? —intervino Érika, aterrada.

—Eso estamos tratando de evitar.

—Sálvenos, señor, por favor —pidió Yanira—, ya nos queremos ir. Le juramos que nunca volveremos a la caverna. Yo ni siquiera regresaré a Tepoztlán.

—Van a tratar de romper mi escudo —avisó Xiute cuando los dos oponentes se acercaban con lentitud a ellos—; si lo hacen, yo los combatiré; ustedes huyan y confíen en que Tonantzin envíe a alguien que los rescate y los lleve a la salida.

Los muchachos vieron que, en las manos, Tláloc tenía unas bolitas blancas, como de hielo o nieve compacta. Sus ojos también parecían helados cuando, de pronto, les lanzó con fuerza una de las pequeñas esferas.

El golpe que resintieron fue terrible. Todos pegaron de gritos aterrados al ver que la nave se sacudía en medio de ruidos chirriantes, y que Xiute apenas podía conservar el control.

Allá venía otra pequeña esfera a gran velocidad. Xiute alcanzó a enviar un fulgurante rayo de fuego que disolvió la bola blanca, pero, como apenas podía controlar la nave, ya no pudo detener las dos siguientes esferas que de nuevo les golpearon.

—¡Me estoy *mojando*! —alcanzó a exclamar Tor, porque el fuego de la nave ya se extinguía con rapidez y se convertía en agua burbujeante.

—¡Salten! —avisó Xiute—, ¡esta vez no los pude contener! ¡Traten de huir mientras yo los detengo!

La nave, que para entonces era más de agua caliente, daba de golpes rápidos contra el suelo, y los muchachos saltaron, rodaron por el suelo, se pusieron en pie y echaron a correr mientras de reojo veían que Xiute combatía con su cetro a Tláloc, quien ahora tenía una especie de dura espada de hielo, y al desollado Xipe Tótec, quien blandía un látigo al parecer hecho con pieles humanas. Los tres se daban golpes terribles.

—¡Corran! ¡Corran! —gritaba Pancho a sus amigos, que no podían dejar de mirar la lucha atrás de ellos.

Pero ya era tarde. Mientras Xiute y Tláloc se trenzaban en el combate, entre humo, chorros de agua, chispas, llamaradas y ruidos chirriantes, Xipe Tótec logró desprenderse y con un salto inverosímil voló por los corredores del palacio y se colocó, con su látigo que aún chorreaba sangre, frente a los jóvenes y les impidió el paso.

—¡Ya nos hundimos! —alcanzó a musitar Yanira.

—Así es, niñita —dijo Xipe con una sonrisa torva.

Era el atardecer ya cuando los muchachos fueron detenidos por Xipe Tótec y todos sintieron que la fuerza se les iba; de pronto fueron posesionados por un estado de ánimo depresivo que no les permitía ni hablar. Ocasionalmente alguno de ellos miraba a los demás, que tenían la vista en el suelo, y casi podía sentir los latidos desaforados de sus corazones, llenos de temor ante lo que les esperaba.

Xiutecutli y Tláloc seguían combatiendo a lo lejos cuando un grupo de guerreros apareció por los corredores y flanqueó a los muchachos que avanzaron por un gran patio desde donde se veía que, en el cielo, las nubes se juntaban y reflejaban las primeras luces intensas del atardecer. Allá en el pueblo, en la vida normal, todo debía de ser tan bonito a esas horas, pensaba Indra, y lamentaba haber ido a esa horrible caverna que sólo los había llevado a un peligro del que posiblemente no saldrían con vida.

Todo era tan raro, pensaba Érika en medio de su temor; ¿cómo era posible lo que había ocurrido?; demasiado tarde se dio cuenta de que habían entrado en la panza del Tepozteco sólo para hallar a los dioses aztecas, porque sin lugar a dudas se hallaban ante las viejas divinidades que, se suponía, nunca existieron; todos eran dioses, llenos de poder, desde el viejito loco que se convirtió en perro y que orinó a Tor... Ése, al menos, era divertido...

Le habían dicho su nombre, pero no lo recordaba.

Érika se maldecía al pensar que nunca había sabido gran cosa de los dioses aztecas, era algo de lo que casi nadie hablaba, en la escuela menos, ¿por qué, se decía, si estaban en México, si ésos habían sido los dioses de sus antepasados, de sus tatarabuelitos o bisabuelitos, de sus remotísimos ancestros? Y doña Tona..., primero le había parecido una india hermosísima, como una mamá preciosa, muy buena, pero, claro, también era una diosa, llena de poder... Tonantzin... Algo había oído hablar de ella... Tenía que ver con la Virgen de Guadalupe... *¡A poco! ¡No podía ser!* Qué bueno que Selene se había quedado dormida... A salvo... O quién sabe...

Yanira no podía dejar de ver a Xipe Tótec, quien iba al frente de los guardianes, blandiendo su cetro que culminaba en una punta filosa; llevaba el pelo recogido, pegado al cráneo, con una raya a la mitad y pesadas trenzas que caían a los lados. Bajo la vestimenta de pellejos humanos, sangrantes y malolientes, iba desnudo, lo cual perturbaba mucho a Yanira. La pobre se hallaba en un estado de abandono, ya no tenía deseos de huir, de luchar, de nada. Todo le parecía un sueño, *tenía* que ser un sueño, y por alguna razón esperaba despertar en cualquier momento, calientita en su cama, sin ver a esos hombres llenos de armas antiguas, con penachos de plumas en la cabeza.

Ya habían entrado en otra ala del palacio, en un pequeño salón desnudo a excepción de dos enormes cabezas de dragón que echaban fuego de las fauces.

—Aquí se van a quedar un rato —les dijo Xipe Tótec, con una sonrisa sardónica—, luego vendré por ustedes para llevarlos con el señor Huitz.

—¿Qué nos van a hacer, señor? —inquirió Érika, con una vocecita temerosa.

—Sí, ¿qué va a ser de nosotros? —alcanzó a preguntar Alaín débilmente.

—Ustedes van a tener el honor de ser sacrificados a nuestro señor Huitz y a su señora madre Coatlicue. Prepárense —respondió Xipe Tótec, riendo casi, y se retiró con sus hombres.

Las muchachas se miraron entre sí y rompieron a llorar. Los hombres, compungidos, procuraron hacerse fuertes, pero era obvio que también estaban aterrados.

—Alas —susurró Tor—, ¿tú crees que vayan en serio?

—Sabe…

—Pus ¿qué les hemos hecho, mano?

—Yo, no sé, me hubiera gustado hacer algo —dijo Homero.

—Pero qué, Hómer, están bien grandotes… —replicó Tor, haciendo pucheros.

—Y son *dioses* —añadió Alaín, pálido.

—Pero ¿cómo dioses? ¿No que los dioses no existen? Digo, fuera de Dios nuestro señor.

—Y la Virgen —añadió Érika.

—Vamos a *rezar* —propuso Yanira.

—Yo no entiendo ni madres… —dijo Alaín.

—A mí me habría gustado, no sé, siquiera ver bien lo que pasaba para luego poder contarlo… —insistió Homero.

—Pues no pierdas las esperanzas —dijo Indra, serenándose un poco—. Tú vas a contar todo esto. Tona nos va a ayudar.

—Uta madre, ¿te imaginas que nos salváramos, güey? —especuló Tor—, ¡nadie nos iba a creer lo que nos pasó!

—Pero Tona está sola, y es mujer —razonó Alaín—, el que tuvo más chance fue el otro señor, ese que dijo que se llamaba Xiute, pero, ya ven, perdió el duelo…

—Xiutecutli no perdió nada —dijo Pancho, y todos se volvieron a él; parecía extrañísimo, con los ojos entrecerrados y respirando por la boca—. *Lo estoy viendo* —añadió—. Sostuvo un combate feroz con mi señor Tláloc, nueve veces cruzaron los cetros sin ninguna resolución. Al final la lucha fue tan terrible que hicieron temblar a la montaña.

—Sí es cierto —deslizó Tor—, hace un rato yo sentí como que temblaba.

—Era la lucha del fuego contra el agua —prosiguió Pancho—, Tláloc quería apagar a Xiutecutli, y él a su vez buscaba convertir en vapor a su oponente. ¡Qué grandes son los dos!

Todos miraron a Pancho, perplejos.

—Finalmente —prosiguió Pancho—, Xiute fue arrinconando a Tláloc con llamaradas que salían de su cetro. Fue entonces cuando el Desollado regresó con su grupo de hombres, y mi señor Xiute tuvo que huir; dio un salto descomunal hacia arriba y se perdió por los aires. En este momento se encuentra con mi madre Tonantzin y los dos deliberan. Nada se ha perdido aún.

—¿Pero tú cómo sabes todo eso? —preguntó Érika, un tanto desesperada.

—Sí, carajo, ¿cómo sabes?

—Les digo que los estoy viendo —respondió Pancho, ahora con los ojos cerrados.

—A mí este cuate me pone nervioso —dijo Tor—, parece brujo o qué sé yo.

—*Los estoy viendo* —añadió Pancho, incorporándose como si una presencia se hallara frente él—. ¡Aquí están!

Los demás se miraron entre sí, sin comprender, hasta que de pronto un aroma de flores frescas llenó el salón y escucharon la voz de Tona:

—Niños, escúchenme —decía la voz—, ahora van a venir por ustedes, los llevarán con Huitzilopochtli, y allí ocurrirá lo que tiene que ocurrir. Pero no tengan miedo: la salvación llegará por donde menos lo imaginan. Aquel que todos esperamos está con ustedes.

Todos se quedaron calladitos, sin atreverse a decir nada, cuando la voz se desvaneció. Alaín, pensativo, observó que Pancho continuaba con los ojos entrecerrados, sudando y respirando por la boca. ¿Qué se traerá?, se preguntó. Cada vez más lo sorprendía su amigo de toda la vida. También pensó que la noche anterior, cuando asistieron a la limpia de Coral, parecía haber ocurrido hacía una eternidad.

Alaín advirtió que, a pesar de todo, la voz de Tona había sido tranquilizadora para casi todos ellos; después de guardar silencio, uno a uno se fueron durmiendo y, cuando ya se despeñaba él mismo en el sueño, Alaín pudo ver que sólo Pancho seguía igual, con los ojos entrecerrados y pesada la respiración.

Pero no durmieron mucho tiempo, pues cuando el terrible Xipe Tótec regresó por ellos con los guardias, las luces del crepúsculo seguían, más mortecinas, en todo el cielo. Los muchachos fueron conducidos a un patio inmenso donde se alzaba una pequeña pirámide. Las paredes estaban llenas de águilas, ocelotes y serpientes de piedra que destacaban entre las enredaderas y la vegetación profusa. A la luz del crepúsculo la vista era imponente con las innumerables antorchas que se hallaban por doquier. Una brisa leve refrescaba el paso hacia la noche.

En la parte superior de la pirámide, en un gran trono, se hallaba Huitz; era muy alto, robustísimo, casi negro de tan moreno, ataviado con verdadero esplendor. Junto se encontraba Páinal, su gran lugarteniente y mensajero que nunca se separaba de él.

Pero había mucha gente más allí: los muchachos fueron colocados en sillas frente a la pirámide y sólo pudieron reconocer a Tona (y difícilmente pudieron evitar correr a postrarse ante ella), que se hallaba junto a Xiute, ataviado con ricos ornamentos. También reconocieron a la temible Coatlicue; a Chico, o Chicomecóatl, y a Chalch, o Chalchiutlicue. Y por supuesto al poderoso Tláloc Tlamacazqui, y a Xipe Tótec, que había subido con los demás. Los muchachos aún no los conocían pero allí estaban también la Coyolxauqui, la vieja madre Temazcalteci, la señora Tzaputlatena, y la bella Tlazultéutl con sus hermanas Teicu, Tlaco y Xucotzin, junto a las sombrías Cihuapipilti, quienes los veían con avidez porque estas últimas solían volar por los aires para enfermar a los niños.

Igualmente se hallaban Xochipilli, el señor de las flores; el gordo Omácatl, que presidía los banquetes; el oscuro Ixtlilton, el pescador Opuchtli, el mercader Yiatecutli, el tejedor Napatecutli, y el señor del pulque Tezcatzóncatl y sus hermanos Yiautécatl, Acolua, Tlilua, Pantécatl, Izquitécatl, Tultécatl, Papáztac, Tlaltecayohua, Umetuchtli, Tepuztécatl, Chimalpanécatl y Coluatzíncatl, además del señor del infierno, Mictlantecutli, su mujer Micteca y sus huestes de mictlanes. También estaban presentes los tlaloques y los demás dioses.

Todos se hallaban ataviados con su máximo esplendor, y Homero, a pesar de que posiblemente su suerte estuviese en juego, no pudo evitar maravillarse ante lo que veía.

Páinal tomó la palabra a la luz del crepúsculo y dijo:

—Esta noche nos hemos tenido que reunir a causa de un hecho extraordinario. Después de siglos de morar en paz en esta montaña sagrada, el sello que nos aislaba se vino abajo, quizá por la intervención de alguno de nosotros.

—Nada de eso —le interrumpió Xiute—. El sello cayó porque tenía que caer. Así estaba escrito que ocurriría.

Un murmullo corrió entre todos los presentes, pero Páinal lo cortó de tajo:

—Después nos ocuparemos de eso, aunque es evidente que ese tiempo no ha llegado y ustedes saben muy bien por qué.

—¡Ja! —exclamó Chico, irónica, y Tona, a su lado, con una seña le pidió que se contuviese.

—En todo caso, el camino se abrió el día de hoy —dijo Páinal—, y estos humanitos lo encontraron. Los yoris irrumpieron por un pasadizo, valiéndose sin duda de extrañas artes quirománticas, y ahora tememos que la paz de nuestro retiro puede desvanecerse a causa de ellos.

—Es claro —interrumpió Xiute nuevamente— que ninguna magia les abrió el camino a estos muchachitos; son sólo niños inofensivos.

—*¡Yo no soy niña!* —protestó Érika.

—Pero son yoris —replicó Tláloc.

—*No todos* —aclaró Chico—, ¿qué no se dan cuenta?

—¿Qué es un yori? —preguntó Tor.

—Un mestizo, creo —respondió Alaín.

—En todo caso —prosiguió Páinal—, nada de eso borra lo más importante. La ruta ha sido abierta y, si no ellos, cualquiera puede seguirla y llegar a nosotros. ¿Qué hemos de hacer en este caso? Ése es el motivo de la reunión.

—Hay que sacrificarlos —asentó Coatlicue, enfática—, eso ni se pregunta.

Huitz, en su gran trono, sonrió, divertido, mirando a su madre.

—¡No, no! —exclamó Xiute.

—¿Por qué no? Ésa es la tradición.

—Pero ya no lo es —insistió Xiute—. Precisamente para eso ha servido nuestro retiro. Ya hace mucho tiempo que todos acordamos que los sacrificios que nos hacían los humanos estuvieron bien un tiempo, pero que las cosas habían cambiado tanto que ya no tenían sentido. Eso fue lo que nos dijo el señor Quetzalcóatl antes de irse y eso transmitimos, a través de los sueños, a los toltecas del mundo que aún creían en nosotros.

—Pero Quetzalcóatl huyó —asentó Huitz, tajante.

—No huyó —replicó Tonantzin—, se fue de viaje, que es distinto. Y regresará.

—Nunca regresará —dijo Coatlicue—. Ese cobarde quiromántico huyó ante el poder incomparable de mi hijo.

—¡Ja! —exclamó Chalch con una sonrisa enigmática.

—En todo caso, eso está fuera de discusión —intervino Páinal—. Aquí nos hemos reunido para determinar qué vamos a hacer con los pequeños yoris.

—Vamos a sacrificarlos ahora mismo —insistió Coatlicue.

—No —replicó Tona, enfática—. Vamos a ponerlos en la salida para que vuelvan a su mundo.

—¡De ninguna manera! —intervino Tláloc—, ¿permitiremos que cuenten afuera lo que han visto, y que nuestra paz sea interrumpida?

—Podríamos borrarles una parte de sus mentes para que nunca recuerden lo que vieron —sugirió Xochipilli—. Yo ofrezco mis flores del olvido.

—¡Nada! ¡Yo quiero tener sus corazones palpitantes en mis manos! —afirmó Coatlicue.

—¡Yo también! —añadió la espectral Coyolxauqui—. Hace mucho que no tengo un corazoncito de ésos…

—¡Ah! —suspiró Huitz, nostálgico.

—Eso no puede ser —dijo Xiute—. Recuerden: todos estuvimos de acuerdo en que eso se había terminado. No olviden que durante los tiempos de la gran oscuridad que vinieron con la llegada de los hombres blancos y barbados y de sus dioses, nuestros creyentes del mundo eran diezmados por honrarnos. Ésa era razón suficiente, pero después estuvimos de acuerdo en que, de cualquier manera, lo importante era la devoción y que más valía una pequeña ofrenda que se da con sinceridad y fervor, que un despliegue de sangre, por muy espectacular que fuese. Nada de eso era necesario ya.

—Así estuvo bien —dijo Opuchtli.

—¡Qué tontería! —gritó Xipe—, ¡este retiro nos ha vuelto débiles y chochos!

—¡Sí! —intervino Mictlantecutli—, ¡es hora de volver a la gloria de nuestro pasado!

—No se diga más: los sacrificamos, y luego hacemos un festín —propuso Omácatl.

—Yo pongo las bebidas —agregó Tezcatzóncatl.

—Y yo, los petates. Como en los viejos tiempos —dijo Napatecutli.

—¡Ah, los viejos tiempos! —suspiró Huitz.

—En todo caso —intervino Páinal—, podríamos ser fieles a nuestros acuerdos, pero flexibles ante circunstancias imprevistas…

—¿Qué quieres decir con eso? —preguntó Xiute.

—Nunca consideramos que los blancos, pequeños o no, penetrasen en nuestra morada. Seamos flexibles en cuanto podemos sacrificar a los humanitos como una excepción.

—Algo hay que hacer con ellos, de cualquier manera —dijo Tláloc—. Su presencia aquí está costándonos desavenencias que pueden ser graves. Hoy mismo tuve que luchar con el señor Xiutecutli…

—… Que le partió el hocico —rio Tor, quedito.

—Shhhh…

—Y a mí ya me costó el desacato de Tonantzin —agregó Coatlicue—, ¡nunca lo habría imaginado!

—No fue ningún desacato, madre —respondió Tona, serena.

—¡Fue una desvergüenza! ¡Y no creas que te vas a quedar sin castigo, niña!

—Ahora vamos a empezar a reñir como antes —deslizó Páinal, con una sonrisita.

—¡A sacrificarlos, eso está muy claro! —gritó Xipe Tótec.

—¡Nada de sacrificios! —replicó Xochipilli.

—Que decida mi hermano, el señor Huitzilopochtli —propuso Coyolxauqui.

—Bueno, si me dejan la decisión a mí… —empezó a decir Huitz, pero una voz potente lo interrumpió.

—Un momento, muchachito, tú podrás tomar todas las decisiones que quieras pero antes tienes que oír lo que tengo que decir de todo esto.

Era Tezcatlipoca quien hablaba. Ahora no se veía como un anciano, ni como borrachín, ni como perro, porque simplemente no se veía; era invisible, pero su presencia era tan fuerte que todos la sentían y la reconocían, incluyendo a los muchachos que creían distinguir una sombra en donde había surgido la voz.

—¡Oh dios poderoso que creaste el cielo, la Tierra, que diste la vida a los hombres y que te llamas Tezcatlipoca, Titlacahua, Moyocoyatzin, Yaotzin, Nécoc Yautl, Nezahualpilli! —exclamó Huitzilopochtli, poniéndose en pie—. Nadie pretende pasar por encima de ti, y mucho menos yo, que te debo el conocimiento de las artes de la guerra y de la magia.

—¿Tezca...? ¿No es el viejo que nos encontramos en la caverna? —preguntó Tor a Alaín en voz bajísima.

—Sí, soy yo, gordito —dijo Tezcatlipoca—, ¡y ten cuidado o te vuelvo a mear!

Todos, dioses y humanos, rompieron a reír, mientras Tor enrojecía.

—Padre nuestro —exclamó Páinal—, di lo que tienes que decir. Te escuchamos.

Tezcatlipoca continuaba invisible, pero una sombra cada vez más densa se desplazaba por la pirámide.

—Escuchen —dijo la voz poderosa del gran dios—, es fácil saber qué hacer con estos muchachitos. Si son de confiar, los dejamos ir e incluso pueden sernos útiles. Si van a causarnos problemas, nos deshacemos de ellos.

Todos los dioses se miraron, sopesando las palabras de Tezcatlipoca.

—Muy bien, señor —dijo Huitzilopochtli, ahora más serio—, pero ¿cómo sabremos si son de confiar?

—Sondeándolos, por supuesto —dijo Chalch—. Es la mejor manera. Yo ya lo hice, y Chico también y oigan lo que digo: son buenos. ¡Mejor de lo que parecen! —añadió, divertida.

—Vamos a sondearlos —añadió Tezca—. Resultará divertido, además de que veremos muchas cosas del nuevo mundo de abajo.

Todos guardaron silencio, pensativos. Los muchachos se miraban entre sí. Coatlicue, Huitz, Páinal y Tláloc parecían sospechar algo. Tona y Xiute estaban serios, pero tranquilos. Tezca miraba a todos, con una mirada de inteligencia divertida. Y Chalch estaba radiante.

—¡Excelente idea! —dijo.

—Un momento —deslizó Huitz, suspicaz—, esto hay que pensarlo bien…

—Éste es otro embuste de Tezcatlipoca —comentó Coatlicue.

—Algo huele mal aquí —confirmó Tláloc.

—Tú eres el que huele mal —replicó Chalch—, si quieres te doy un poco de agua para que te bañes.

—Nada está mal —afirmó Tezca, enfático—. Soy yo quien se los dice.

—Creo que nada de malo hay en lo que plantea nuestro señor Tezcatlipoca —intervino Tona—. Él es el más viejo, el más sabio…

—Y también el más burlista —completó Coatlicue—. Algo trama…

—Nada en lo absoluto —aclaró Tezca con una sonrisa de lo más pícara.

—Por mi parte, no veo objeción en sondear a los yoris; yo escucho y obedezco —dijo Xochipilli.

—Hagamos lo que dice nuestro padre —indicó Tzaputlatena.

—Estoy de acuerdo —agregó Opuchtli.

—Mis hermanas y yo también —deslizó la bella Tlazultéutl.

Los demás dioses asintieron, algunos a regañadientes.
Sólo Coatlicue protestaba.

—¡Nos está engañando! ¡Es un viejo zorro! —decía.

—¡Y tú eres una vieja horrorosa, te callas ya! —le espetó
Tezca, siempre con su sonrisa traviesa—. Bueno, ya que estamos

de acuerdo una vez más, esto haremos: con mi espejo todos podremos ver los sondeos.

—Momento —aclaró Tona—, hay una niña más que yo guardé por pequeñita. Ahora la traeré… Aquí viene.

Hizo un gesto con la mano, sopló después, suavemente, y todos vieron cómo surgía una nube de colores pastel que después fue adquiriendo la forma de Selene, con todo y cocuyito, quien dormía en medio de sus amigos. Tona hizo otro ademán y la niñita despertó.

—¿Qué, qué? Híjole, dormí riquísimo —dijo al ver a sus amigos—, tuve un sueño que… —se interrumpió al descubrir la pirámide frente a ellos con los dioses aztecas viéndola—, ¿y ora? ¿Dónde estoy? ¿Sigo soñando?

—¿Estás bien, Selene? —le preguntaba Érika.

—Sí, manita…, ¿quiénes son todos esos señores?

—No hagas preguntas y todo se te explicará —le dijo Tona.

—¡Ay! ¡Aquí está la señora buena! —exclamó Selene, complacida.

—Yo me encargo de sondear a esta niñita —avisó Tona, con un tono que no daba lugar a una discusión.

—Yo ya los vi a todos —dijo Chalch—, el más interesante es ese muchacho —agregó señalando a Pancho.

—De él me encargo yo —asentó Tezca.

—Yo propongo que los niños escojan al que los va a sondear —propuso Tona.

—¿Pero qué es eso? —al fin se atrevió a decir Alaín—, ¿cómo nos van a sondear?

—¿Qué es sondear? —preguntó Érika.

—Ya verás, ya verás. Tú escoge a quien creas que lo hará mejor.

—Yo elijo a esa señora tan hermosa —dijo Indra, de lo más tranquila, señalando a Tlazultéutl.

—Me llamo Tlazultéutl, querida.

—Gracias.

—Tú también estás muy bonita.

—¡Basta ya de arrumacos! —comentó Tezca—, ¡no se puede con las bellas!

—Yo —añadió Homero— escojo al señor Xiute.

Xiute sonrió, complacido, y asintió con la cabeza.

—Y yo —dijo Yanira—, a la señora Chico.

Chicomecóatl también inclinó la cabeza.

—Lo están haciendo muy bien —comentó Chalch a Tona, que se hallaba a su lado.

Tona asintió y, como los demás, se volvió a los muchachos.

Alaín miró a todos y después se irguió, con seguridad:

—Yo, al señor Tláloc.

—¡Muy bien, muy bien! —dijo Chalch, mientras Tláloc miraba penetrantemente a Alaín.

Érika había enrojecido de súbito.

—¿Qué te pasa? —le preguntó Alaín.

—Es que… —dijo Érika, y de pronto agregó, casi con rabia desafiante—, ¡yo quiero a la señora Coatlicue!

—Vaya, vaya —rio Huitz.

—Conque ésas tenemos… —comentó Coatlicue con una sonrisa enigmática.

—Ya sólo faltas tú, menso —le dijo Homero a Tor—, ¿a quién escoges?

—¿Yo? —respondió Tor, que se hallaba muy pálido, aplastado por distintas y fuertes emociones.

—Sí, tú. Despierta.

—¡Pues al mero mero, a quién si no, al gran Huitzilopochtli! —exclamó Tor, entre orgulloso y muerto de miedo.

—¿Ah sí? ¿Me escoges a mí? ¡Pues ahora verás! —casi gritó Huitz, y todos vieron que en micras de segundo se empequeñecía hasta volverse un punto que salía disparado y se incrustaba en la frente de Tor, arriba de los ojos.

.

.

.

.

.

Tor alcanzó a abrir los ojos desmesuradamente: algo se le había metido en el cuerpo, el alma y el espíritu; era algo tan fuerte, tan lleno de poder, que sintió que todo él se expandía con una rapidez fulminante, no cabría en su propio cuerpo y acabaría explotando.

—Quítate, chamaquito, hazte a un lado, déjame ver bien —oyó Tor que Huitz le decía desde su interior.

—Pero si yo no hago nada —respondió Tor con su voz interna.

—Así está bien —replicó la voz de Huitz—, no hagas nada, especialmente no pienses nada. Quiero ver en ti *clarito*.

—¡Este Huitzilopochtli nunca se puede contener! —exclamó Tezca, contrariado, y tuvo que alzar su brazo con un movimiento firme y lleno de autoridad.

En ese momento, varios relámpagos y truenos se hicieron presentes tras la pirámide, y después emergió un espejo circular, inmenso, que se alzó con lentitud. La superficie estaba cubierta de humos de distintos colores que finalmente se desplazaron a la circunferencia y que así permitieron que el espejo se convirtiera en una inmensa pantalla. En ella apareció lo que Huitzilopochtli veía en Tor, y lo que éste veía en el dios.

Huitz vio en Tor, como si fuera un sueño, el cráter de un volcán en erupción; de él brotaban grandes peñascos, torrentes de lava burbujeante, nidos de fuego que explotaban en llamaradas que se alzaban hacia el fuego. Era un volcán en guerra contra el cielo, y no parecía agotarse. Del cráter salían disparadas las piedras, las llamaradas y los chorros embravecidos de lava que rugían con su ardor chirriante. El cielo respondía con truenos, relámpagos, lluvias salvajes y granizo que no alcanzaban a domar la fuerza terrible del volcán.

Los muchachos veían, fascinados y aterrados, llenos de un pavor sagrado, el espejo humeante de Tezcatlipoca donde aparecían las escenas de la guerra del cielo y el volcán, pero también miraban junto a ellos a su amigo Tor, quien tenía los pelos de punta, erizados al máximo, los ojos desmesuradamente abiertos, al parecer vacíos, y el cuerpo rígido y empapado de sudor. Huitz no se veía, pues se hallaba dentro.

En el espejo apareció entonces una interminable colección de armas: había cuchillos, dagas, espadas, machetes, cimitarras, lanzas, hachas, hondas, mazos, cadenas, redes, armaduras, bayonetas, pistolas, rifles, escopetas, ametralladoras, bazucas, granadas, bombas, misiles, aviones, barcos, submarinos, satélites, naves espaciales...

En el rostro lívido de Tor apareció una mínima sonrisa, y desde el fondo de él alguien expresó:

—Mmmmmmm... Qué interesante...

Para entonces, en el espejo, la violencia del cielo y el volcán se había convertido claramente en una pantalla de televisión en la que aparecía una frenética sucesión de escenas: aviones enormes que descargaban lluvias de bombas, rampas movibles de donde se lanzaban misiles, submarinos que disparaban torpedos que surcaban velozmente en el agua, bombas nucleares que al estallar se convertían en hongos inmensos, naves espaciales que disparaban potentes láseres, planetas que explotaban…

… Comandos que se abrían camino con bazucas, ametralladoras, pistolas y cuchillos; pandillas juveniles que se combatían con navajas de botón, niños feroces que a golpes hacían sangrar la nariz y la boca de sus compañeros de escuela; policías de civil que corrían a toda velocidad en sus autos mientras disparaban ráfagas de ametralladora y lanzaban granadas; guerreros que degollaban con grandes espadas o abatían enemigos con golpes de hacha y mazo, ejércitos medievales que rompían un sitio con los golpes de un ariete con forma de cabeza de carnero, espadachines que vencían en los duelos con sus ágiles floretes, gigantes y titanes en combate, villanos y monstruos de dibujos animados que devoraban niños…

… Y dioses guerreros: Marte, Tor… ¡Huitzilopochtli!, allí estaba Huitz; Tor veía, *sentía*, que desde el vientre de su madre, la terrible Coatlicue, Huitz aguardaba a los indios centzon-huitz-nahua; estos indios estaban muy enojados porque Coatlicue iba a tener un hijo, y nadie sabía quién era el padre; ella contaba que, una vez, mientras barría, una pelotita de pluma se le había metido y la preñó; los indios cenzones, encabezados por Coyolxauqui, no creyeron nada de esto, y decidieron matar a Coatlicue con todo y Huitz que se hallaba dentro. Coyolxauqui y los cenzones llegaron a cometer su crimen, pero Huitzilopochtli brotó en ese momento exacto del vientre de su madre y lo primero que el recién nacido hizo fue matar a su hermana Coyolxauqui con una culebra hecha de teas, y después acabó con los indios cenzones y los despojó de todas sus armas.

Tor y todos los demás pudieron ver cómo Huitz se convertía en un guerrero extraordinario, el mejor de todos, y en el preferido de Tezcatlipoca, quien llevaba al joven Huitz a Tula y lo hacía bailar en la palma de su mano; después los dos se divertían haciendo que la pobre gente que bailaba se despeñara en una barranca y, allá abajo, se convirtiera en piedras. El viejo Tezca también enseñó al joven las artes más refinadas de la magia, que en realidad no era más que enseñarle a manejar sus propios poderes naturales, y él se aficionó a transformarse en animal.

Con el tiempo, Huitz fue aceptado como el jefe de los dioses porque su capacidad guerrera era incomparable. Huitz tenía los ojos puestos en el cielo, era espíritu que buscaba dominar las fuerzas más terribles, las suyas, las de los demás y las del universo entero; era el águila que sujetaba a la serpiente. En el mundo, abajo, los pueblos le rendían culto y le honraban más que a nadie, pero él se encariñó con los aztecas; los acompañó en sus viajes desde el norte, les indicó dónde quedarse a vivir, el verdadero tlalocan, y les dio fuerzas para que pudieran someter a los que ya estaban allí.

Tor supo todo de Huitz; con toda claridad lo vio dominar con la mirada de su espíritu la fastuosa ciudad de Tenochtitlán, en cuyo altar mayor se le abría el pecho a jovencitos y a innumerables prisioneros para sacarles el corazón y ofrecerlo al gran dios Huitzilopochtli. Tor veía los corazones palpitantes y él también, como Huitz, se convertía en una gigantesca águila negra que aspiraba los corazones que le ofrecían y que, dentro del águila que eran Huitz y Tor, éstos se volvían una sangre aérea, hecha de un aire muy espeso.

Los ojos del águila destellaban a la luz del crepúsculo, atrás de los volcanes.

… Qué rara sensación recibir esos corazones, pensaba Tor; sin duda lo llenaban de energía, de vida pura; era como emborracharse pero sin perder el control; era tener un deseo salvaje de mostrar la fuerza, de conquistar pueblos enteros, pero también era algo indescriptible: un placer más allá de las palabras, algo que lo hacía ser él todo el universo, sentir cómo bullía toda la vida existente dentro de sí era… ¡claro!, era ser dios, un dios poderosísimo. Y Tor comprendió también que muchos que se sacrificaban, en especial los que voluntariamente se ofrecían al dios, en instantes que duraban *toda una eternidad*, al morir, ellos también sentían lo mismo: toda la vida que existía en el universo, la energía ilimitada de todos los mundos y la rarísima sensación de que ellos también eran dioses durante esos momentos.

Tor (y los demás, gracias al espejo de Tezca) vio también que los que se sacrificaban sentían eso porque, desde antes, acostumbraban hacer pequeñas figuras de pan de maíz que representaban a Huitzilopochtli y a Quetzalcóatl; este último «mataba» a Huitz, y los aztecas entonces partían la figura del dios muerto en pedacitos y se la comían, porque, al hacerlo, en verdad se comían la sangre y el cuerpo del dios. A Huitz esto no le preocupaba, en realidad le gustaba que sus hijos del mundo lo comieran y fueran parte de él; lo que no le agradaba era que Quetzalcóatl se encargara de matarlo, aunque sólo fuera en una ceremonia religiosa.

Tor vio entonces que Huitz y Quetzalcóatl eran rivales, y que en numerosas ocasiones tuvieron problemas, conflictos tan fuertes que el dios Quetzalcóatl un día prefirió ir a buscar Tullan Tlapallan, un lugar que nadie conocía. Si llegó alguna vez, nadie lo supo.

Tor vio también que Huitz no pudo dar la fuerza suficiente a su pueblo para que expulsara a los invasores blancos que un día llegaron con animales extraños, armas de fuego y dioses incomprensibles. Los aztecas se defendieron con el valor que les caracterizaba, pero los españoles dioses fueron más poderosos y finalmente los sometieron. Pero no sólo eso. A diferencia de los aztecas, que cuando conquistaban a un pueblo le respetaban sus creencias, sus costumbres, y sólo les pedían tributos y hombres para sacrificar, los españoles, en cambio, destruyeron piedra por piedra los grandes edificios de los aztecas, dijeron que esos dioses eran demonios bárbaros e hicieron que los indios perdieran todo, empezando por lo que le daba sentido a su vida: la religión.

Por eso los indios mexicanos se fueron encerrando en sí mismos, pues durante mucho tiempo no podían entender que, de golpe, bárbaramente, todo les hubiera cambiado. Sólo la nueva señora, Guadalupe, la madre buena que tanto se parecía a la diosa Tonantzin, los pudo confortar y ayudarlos a resignarse a esos tiempos de servidumbre y esclavitud.

Huitz y los demás dioses comprendieron entonces que cada vez tenían menos creyentes, y por tanto se retiraron al vientre del Tepozteco. Cuando llegaron allí construyeron una nueva ciudad celestial, pero estaban tristes; comprendían que se quedaban sin fieles, pero especialmente trataban de asimilar esa nueva realidad en la que un Dios que era tres los hubiera desplazado. Su única esperanza era saber, porque así estaba escrito, que un día Quetzal-cóatl, el gran rival de Huitz, regresaría de Tullan Tlapallan al Tepozteco. Ese día caería el sello que los aislaba de los demás y todos ellos podrían regresar al mundo y hacer sus obras sin ser considerados demonios, ni antiguallas inútiles, sino verdaderos dioses que podían convivir con el dios que era tres y con la madre Guadalupe: todos estarían vivos en México.

Los dioses, a excepción de Tona y Chalen, estaban tristes, y los muchachos también, hasta que en el espejo humeante vieron lo que Huitz ahora veía en Tor: vio su casa en la Ciudad de México, sus papás y sus problemas, discutían mucho, o, si no, casi no se hablaban, a Tor le hacían mucho caso o casi nada, y los dos lo amaban, pero a veces se les olvidaba; él los quería mucho pero también los olvidaba; por la escuela y los amigos, por las travesuras y por la tremenda cantidad de comida y golosinas que Héctor se empacaba.

Todos podían ver la infinidad de pequeñas figuras de juguete que el muchacho poseía: héroes y villanos del espacio, magos y demonios de la fantasía; Tor también tenía un estegosaurio de peluche en su cama; y allí estaban los juegos electrónicos, generalmente de guerra; las canciones, la infinidad de películas y de programas de televisión; aparecieron también aspectos de su alma, muy cargada de fantasmas y pequeños monstruos pero con una energía tremenda, una capacidad de hacer cosas que aún estaba en bruto, sin definirse y sin utilizarse. Había algo en él, luminoso y radiante, que lo guiaba a través del inmenso laberinto negro que significaba tener trece años y estar creciendo y cambiando sin parar.

De pronto, el espejo volvió a llenarse de humo de tenue color azul en toda su superficie y del corazón de Tor salió, disparado, un pequeño punto que en el trayecto se agrandó y que cuando apareció, en micras de segundo, en el gran trono, ya era el majestuoso Huitzilopochtli, quien sonreía con una mezcla de desdén y de cariño.

—Ese gordito ya está listo; nunca nos traicionaría aunque en algún momento pudiera haber existido esa posibilidad —dijo.

Tona y Xiute sonrieron, satisfechos.

Pero Tor ya se reponía de la experiencia.

—¡Guau! —exclamó—, ¡esto sí es *de buenísima onda*! ¡Es otra cosa! ¡Otra vez, señor, estuvo padrísimo! ¡Que se repita, que se repita!

Todos rieron, y Tezca comentó:

—¡De veras es goloso!

Los muchachos se miraron entre sí, con una extraña, tímida, sonrisa; de alguna manera ya no sentían el temor de antes, sino que, incluso, se hallaban a gusto y excitados; Tor, radiante.

De esa manera, los mismos muchachos participaron de buena gana en los sondeos que les hicieron los dioses. El espejo de Tezcatlipoca permitió que dioses y humanos presenciaran los demás sondeos: la terrible Coatlicue también entró como huracán en Érika, y la diosa vio una niña sumamente fuerte en muchas cosas y muy débil en otras. Le gustaban las aventuras, los paseos, las discusiones, los pleitos. Siempre quería ser la número uno y sufría cuando no lo lograba.

En casa era una tromba, y su madre procuraba hacerla más femenina, pero a ella aún no le interesaban mucho los hombres, ni maquillarse ni tratar de parecer más grande. Érika *ya* era grande, capaz de hacer *cualquier cosa*, y punto. Allí la veían, por ejemplo, robando sigilosamente la bolsa de su mamá para poder jugar a las maquinitas electrónicas con los chavos. O yendo a los deportes: era una buenaza en volibol, básquetbol, y le hacía al béisbol y al fut. ¡Hasta al box!: se ponía los guantes y les ganaba a varios muchachos de su edad.

Érika casi no se fijaba en todo lo que surgía de ella a través del sondeo. Sólo se avergonzó como nunca cuando se vio que Alaín y Homero le gustaban mucho; de cualquier manera, la aterraba mucho más la idea de tener dentro a la Coatlicue. La sentía dentro de sí con toda claridad y era algo incomodísimo. Coatlicue era enorme, muy aparatosa, ruidosa, y resultaba imposible dejar de experimentarla abriendo todos los cajones de su mente, revisando todos los rincones de su cuerpo.

—¡Ajajá! ¡Mira nada más lo que hay aquí! ¡Esta muchacha no tiene vergüenza! —comentaba entre risotadas estentóreas que se oían hasta afuera, y sólo se ponía seria cuando la muchacha aparecía llorando de pronto porque había algo en su vida que no podía entender. A Coatlicue tampoco le agradaba ver a Érika con muñecas, o cuando se acurrucaba junto a su papá y se untaba a él, porque lo *adoraba.* —Qué sensiblerías —comentaba.

Por su parte, Érika casi perdió el conocimiento al ver las inconcebibles capacidades de la diosa; allí estaban los terremotos, los grandes huracanes, las erupciones de los volcanes, una fuerza natural indetenible y terrorífica, pero que también estaba cargada de vida, de movimiento y de alimento para todos los de la tierra. Sólo la inmensa creatividad que había en Coatlicue hacía que se suavizaran sus facciones tan terribles, las más espantosas que alguien hubiera visto en su vida.

Coatlicue terminó el sondeo y sólo dijo que la niña estaba loca de atar, pero que era buena y podía confiarse en ella.

—Creo que ya no necesito la limpia —dijo Érika, aún muy impresionada.

La diosa del amor, Tlazultéutl, penetró en Indra a través de la vagina, como era de esperarse, y todos vieron que le gustaban los baños prolongados, que su mamá le diera interminables masajes, secarse el pelo largo rato, maquillarse a escondidas, escoger su ropa de telas acariciantes con grandes cuidados, platicar con las amigas, observar a las señoras de mayor edad y, por supuesto, salir con los muchachos; era muy hermosa, pero además tenía un poder de atracción que hacía que los jóvenes de su edad e incluso hombres más grandes se interesaran por ella. Algunos le explicaban que su nombre era de varón, de un dios de la India, y ella reía de tal forma que resultaba más encantadora aún.

Tlazultéutl le susurró entonces que en realidad le gustaban tanto los hombres que hasta los llevaba en el nombre.

A través de Tlázul, Indra conoció los grandes misterios del amor; se enteró de cosas que sólo habría aprendido a mayor edad, supo que existía un placer tan delicado que podía darse hasta en la menstruación, que la muchacha había experimentado ya y que, a diferencia de lo que decían muchas de sus compañeras y su propia mamá, no le había sido desagradable, sino fascinante. Pero también supo que el placer podía estar acompañado de dolores, de culpas y arrepentimiento, pues Tlazultéutl y sus hermanas no sólo eran diosas del amor sino que atendían las confesiones de los aztecas e imponían duros castigos a los penitentes.

Por su parte, Chicomecóatl dejó ver a Yanira por qué era la diosa de los mantenimientos. Ocuparse de la provisión de alimentos y de todo lo que se necesitaba en una casa era su gran placer; a Chico no le interesaba hacer la comida, ni limpiar, pero sí administrar, ver que cada cosa estuviera en su sitio y que no faltara nada. Le gustaba, especialmente, su corona, su vaso y su flor que nunca le faltaba.

A través de ella, Yanira, que era muy lista aunque no siempre lo mostrara, supo mucho de sí misma: vio que a ella también le gustaba que las cosas estuvieran en orden, que su fuerte era organizar, hacer compras y llevar cuentas. Por lo demás, Yanira tenía una buena personalidad y no caía ni en la envidia o en la presunción; más bien era tratable, juiciosa, noble, y de lo más sencilla.

Su gran defecto consistía en que el dinero le interesaba más allá de lo razonable. En el espejo-pantalla, por ejemplo, todos pudieron ver sus tesoros secretos: monedas de otros países, sus propios ahorros, que no eran pocos y que conservaba con un orden perfecto, y una caja donde guardaba chequeras, estados de cuenta y tarjetas de crédito que ya no servían. Una de sus máximas ambiciones era tener su propia tarjeta de crédito, y su papá no había tenido más remedio que prometérsela para cuando cumpliera quince años. ¡Qué larga la espera: un año y medio!

—Limpiecita —reportó Chico, al salir de Yanira—, no hay ningún problema con ella.

Tonantzin, entonces, se metió muy suavecito por la boca de Selene y el espejo mostró el alma de la pequeña, llena aún de muchos animalitos, de personajes de caricaturas y de cuentos infantiles, muy vivo el mundo de los héroes, las princesas, los malos y los dragones. En la pantalla aparecían muchas muñecas y Barbies, y los papás; él, joven y bien parecido, gigante a los ojos de la niña; y la madre, que significaba tanto que era como la casa donde vivía Selene.

Por otra parte, la niña se sintió mejor que nunca al conocer a Tona desde dentro: la diosa era bondad infinita, pureza perfecta, una belleza serena y una madre natural: tenía la medida justa de amor y autoridad para tratar a los hijos, sabía arrullar y consolar como nadie, y era feliz haciendo de comer, limpiando la casa, pues comprendía por qué lo hacía, lo que significaba, además de que tenía una increíble capacidad de trabajo, y la sabiduría de permitir que cada quien siguiese su propio camino según su manera de ser, o de dar a cada cosa su sitio exacto, especialmente a la religión.

Tona no duró mucho en Selene.

—He sondeado a esta niña para no romper el orden, porque ni falta hacía. Es un amor —explicó.

Homero, a su vez, recibió a Xiutecutli a través del pecho como algo que lo abría y lo incendiaba; su corazón se volvió una llamarada, Homero se había consumido, se había vuelto fuego y podía distinguir de pronto los infinitos niveles del mundo del fuego: las estrellas, inmensas masas ígneas; los artificios, de colores vibrantes y formas hermosísimas; los efímeros fuegos de petate, los de advertencia, los que protegen, los que iluminan, los que cocinan, los que calientan, los que purifican, los que queman, los que torturan, los que destruyen, los que acaban con todo, los que deslumbran, los tenues y acariciantes...

Para Homero era el
mundo del arte, la poesía y la música especialmente, por eso Homero había creado su propio lenguaje,
y su propio universo, el Tercer Universo del Cuarto Cosmos, con todas
sus estrellas, sistemas planetarios, satélites, mundos, razas y civilizaciones;
todo esto lo tenía un tanto confuso, y a
veces las historias y los personajes, los
grandes mitos del Tercer Universo del
Cuarto Cosmos, se revolvían mucho.
… El fuego de Xiute era una invitación
para ir a lo más alto, era una llama de
espíritu que anhela llegar al cielo, la necesidad de apoyarse en algo: si se acaba
la leña no existe la llama…

… En Homero se trataba de vivir
sus trece años con una intensidad más
bien rara; el rock le fascinaba, el más
fuerte en especial, y también algunas
cosas de música clásica, pues en su casa
había muchos libros y discos.

También tenía dotes para el dibujo y
componía música para los poemas que
escribía. Tenía una imaginación des-
mesurada, y por eso podía estar solo
mucho tiempo, aunque también le gustaban mucho los amigos: con ellos era
seguro, pero más bien tímido.

A Alaín, Tláloc se le metió por los ojos, navegó por las lágrimas, pasó a las venas, llegó al cerebro y se hizo presente en todo el cuerpo y la mente del joven.

—Muchacho, ¿me oyes bien? —dijo Tláloc desde el interior de Alaín—. Aquí estoy yo. Estate quietecito, no vaya a lastimarte.

—Sí, señor —respondió Alaín, aterrorizado.

Con toda claridad sentía que Tláloc se había instalado en él y que podía hacer lo que se le pegara la gana, empezando, claro, por bloquear sus pensamientos, sus decisiones y órdenes mentales, ¡qué horrible si me da comezón y este señor no me deja rascar!

—No te va a pasar nada si dejas de estar pensando estupideces. Piensas demasiado. Lo que ahora vas a hacer es dejarte llevar por la corriente.

Y se arrancó. Tláloc y Alaín se convirtieron en un río de rápidos vertiginosos, que se curvaba caprichosamente entre grandes peñascos que rompían el agua y creaban espuma; la corriente era fuertísima y Alaín apenas podía resistir la presión tan tremenda en que se había convertido. El agua se convirtió en una larguísima cascada, una caída que parecía interminable y que al final estallaba en un inmenso lago circular; después fluyó, serena, por un río de anchas márgenes que permitía contemplar la maravilla del paisaje y que desembocó en el mar.

Alaín penetró en las profundidades del océano, vio que, en el lugar más hondo de los mares, había un extraño cuerpo increíblemente luminoso y lleno de energía, la máxima fuente de poder de la vida, que, además, representaba el paso hacia el infinito espacio exterior, pues a la fuente de poder luminosísima también podía llegarse a través del cielo y del espacio. Alaín supo que si lograba conectarse en ella él sería un dios también, pero quedó lejos, muy lejos, porque el agua que eran Tláloc y él subió hasta la superficie, se volvió vapor, formó parte de una nube, incubó truenos, relámpagos, terribles descargas de electricidad, y se deshizo con un alarido de liberación en una tormenta poderosísima, punzada por los vientos, que llegó de nuevo a la tierra, bañó los árboles, llenó los pozos y la gente pudo saciar la sed, cocinar y sembrar.

… Mientras esto ocurría, Pancho al parecer no se daba cuenta de nada. Continuaba como si estuviera dormido y despierto a la vez, con los ojos entrecerrados y respirando, pesada, irregularmente, por la boca. Alaín lo miraba de vez en cuando, y por lo general se sobresaltaba; como un relámpago, pensaba que su amigo había caído en un estado de trance.

Pancho no parecía darse cuenta de que le correspondía el último sondeo.

La sombra que era Tezca bajó de la pirámide y se plantó frente a Pancho.

—¡Despierta ya! —le dijo de pronto, con una voz extraña—, ¡vas a saber quién eres!

—Ya sé quién soy —dijo Pancho, abriendo los ojos de golpe.

—¿Quién eres?

—Tú sabes muy bien quién soy —dijo Pancho, ahora con un aplomo que dejó pasmados a sus compañeros.

—¿Ya recuerdas todo? —le preguntó Tezcatlipoca.

—Sí, me vino de golpe cuando tú me hablaste. Pero oscuramente lo sabía desde que Chalch nos sondeó, y en realidad desde que nací esta vez lo sabía sin saberlo.

—A ver, dinos qué pasó. A dónde fuiste, a quién te encontraste, qué viste, qué oíste, y qué vas a hacer.

De pronto Pancho se desintegró en segundos y se convirtió en un haz luminoso que penetró en la sombra que era Tezcatlipoca.

En el espejo el humo retrocedió hacia los bordes y dejó ver una extensa, enorme ciudad; era Teotihuacán con sus pirámides, llena de gente en actividad; algunos construían edificios, otros se dedicaban a crear muebles y objetos, los médicos curaban, los maestros enseñaban y los jóvenes estudiaban, algunos escribían poemas, componían música o pintaban con colores vibrantes escenas de su vida azteca; los guerreros vigilaban, los comerciantes vendían y en los templos los servicios religiosos eran atendidos por fieles y sacerdotes. En los altares filas de pequeños niños esperaban para ser sacrificados. De pronto, sin embargo, el cielo se abrió en ese momento y el sol mismo pareció descender hasta la gran ciudad. Era el dios Quetzalcóatl, el que estuvo presente durante la creación, el dios solar, señor de los vientos, rey de la civilización; el gran rival de Huitzilopochtli había llegado hasta los altares de los sacrificios y ordenó:

—Ya no.

Los sacerdotes no supieron qué hacer. Invocaron a su dios Huitzilopochtli y éste llegó, armado de la cabeza a los pies.

—¿Quién se atreve a interrumpir los sagrados servicios? —rugió.

—Esto tiene que terminar —replicó Quetzalcóatl—. Es demasiada sangre y crueldad. Ya no es necesaria.

—Tú ya ni siquiera existes, ni vives aquí, ahora eres pura imagen, una ilusión —dijo Huitz—. Dentro de unos siglos te irás a buscar algo que nunca encontrarás. Eres un estúpido y nunca sabrás que mi padre Tezca y yo te habremos engañado.

—Puede ser que en este momento es sólo mi imagen la que está con ustedes. Pero te equivocas: si me voy regresaré, y entonces todo será distinto.

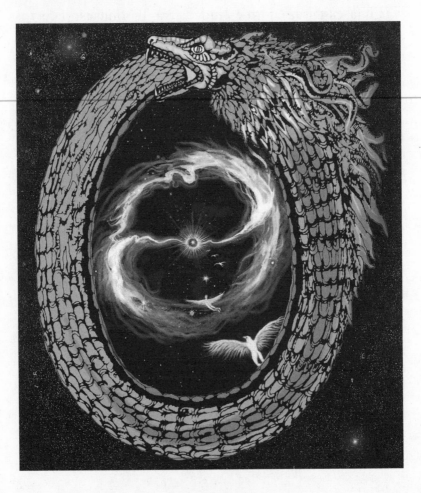

Huitz se burló a carcajadas y, sin más, desenfundó su cetro y lanzó un golpe terrible a la imagen de su rival, que en segundos se había remontado a las alturas.

—¡No huyas! ¡Cobarde como siempre! —gritó Huitz, lanzando rayos fulminantes que la imagen de Quetzalcóatl, en lo alto, detenía con su cetro.

—Ya no voy a pelear contigo, Huitz —dijo Quetzalcóatl, y a continuación se volvió invisible.

Huitz lo buscó por todo el cielo, pero esa vez no pudo encontrarlo…

En el espejo después apareció el joven príncipe Ce Ácatl Topiltzin, que era un niño cuando su padre fue asesinado y el usurpador se hizo del poder en Tepoztlán; el príncipe, con el tiempo, reconquistó el trono y vengó a su padre; ya rey de su pueblo tolteca se volvió sacerdote del dios Quetzalcóatl y después el dios se aposentó en él y Topiltzin fue Quetzalcóatl; salió entonces de Tepoztlán, fundó Tula y llenó de abundancia a su pueblo; fue así el rey barbudo, riquísimo y sabio que desaprobaba los sacrificios humanos y que por doquier dejaba la sabiduría de su naturaleza solar. Un día, sin embargo, el rey Quetzalcóatl fue engañado por Huitzilopochtli y por Tezcatlipoca; el rey se emborrachó y se puso muy triste, pues se vio viejo. Tezca entonces le dijo que debería ir a Tullan Tlapallan, donde otro viejo como él lo esperaba para conversar; al regresar, si regresaba, Quetzalcóatl sería de nuevo un jovencito.

Quetzalcóatl se fue, dejando las marcas de su cuerpo en donde descansaba, construyendo casas, templos, puentes y juegos de pelota. Pasó por las bellísimas lagunas de Anáhuac y siguió hacia el sur hasta que encontró a los mayas y para ellos fue Kukulkán; les enseñó muchas cosas, cambió y enriqueció el espíritu de este gran pueblo, y a todos dijo que iba de paso, que el sol lo llamaba, así es que después se fue por el mar, siempre en busca de Tullan Tlapallan, el sitio que nadie conocía. Recorrió mares y continentes, conoció distintas razas del mundo y sus diferentes dioses. Esto lo sorprendió mucho, pues siempre había pensado que él y sus compañeros eran los únicos dioses existentes, pero no: había muchos más en todas partes, que por lo general reconocían que Quetzalcóatl también era dios y conversaban con él o, como Huitz, lo combatían, lo hacían huir porque él ya no quería pelear. Incluso pensó en organizar una inmensa reunión de dioses de todas las regiones del mundo para que compartieran sus historias; pero esto era imposible, porque para entonces empezaba a comprender que él y los demás dioses del mundo en realidad eran lo mismo, eran la misma divinidad que adoptaba formas y nombres distintos según cada tiempo y cada región; esa divinidad única era como un molde muy flexible que podía cambiar cuantas veces fuera necesario para tomar la apariencia y el nombre que hicieran falta. Él era parte, lo comprendía nebulosamente, de una sustancia divina maravillosa que se hallaba en todas partes, pero que en alguna, seguramente Tullan Tlapallan, se concentraba en una extraordinaria, indescriptible fuente de poder.

Quetzalcóatl siguió su camino por los distintos rumbos del universo y conoció las incontables civilizaciones que se hallaban más allá de nuestro mundo: a los resucitados del Mundo del Río y a los ingenieros del Mundo Anillo, a los domadores del desierto de Arrakis, a los seres sin sexo y a la vez hermafroditas de Invierno, o Gueden, al pueblo científico del Asteroide Sargazo, que convirtió en tigre-tigre a Gulliver Foyle; contempló los mundos de Trántor, Fantasía, Tierra Media, Namia, Terramar, Prydain, Worlorn, Melniboné y Borthan con todo y Sumara Borthan; vio la danza de las estrellas y presenció cuando las mismas estrellas castigaron a los planetas que pretendían cambiarles el rumbo y usarlas como transporte para viajar por el espacio.

Vio infinidad de galaxias y civilizaciones con sus dioses, pero, finalmente, cuando creyó que nunca lo lograría, contempló en lo más lejano del infinito (y a la vez tan cercano para algunos) un extraño mecanismo luminoso, la máxima fuente de poder que era el centro y la circunferencia de todo lo existente.

Hacia allá se dirigió, pero tardó eones enteros en llegar, el tiempo se había trastocado en el trayecto y lo mismo pasaba por futuros inimaginables como una y otra vez asistía a los orígenes, a la primera gran explosión de vida. Llegó, sin embargo, y vio que, a pesar de la fuerza suprema de la fuente de poder, él podía acercarse y sujetarse en unas agarraderas de luz potentísima que parecían hechas exactamente para eso. Comprendió hasta entonces cuán limitado era como dios, qué escaso su poder, cuántas cosas desconocía, él, el dios sabio...

... Nunca supo cuánto tiempo estuvo prendido a la fuente de poder; de pronto comprendió que su cuerpo abarcaba todos los universos y que su mirada de espíritu le permitía ver lo que fuera, en cualquier parte, en todo instante de los tiempos. Entonces encontró Tullan Tlapallan con la máxima facilidad y allí dejó su atención; conoció así al otro viejo que le esperaba, que por supuesto no era otro sino él mismo, el Quetzalcóatl que siempre estaba allí, el que le estaba haciendo falta desde que salió de Tula, y los dos se fundieron en uno solo, y decidieron volver a la Tierra, sentir de nuevo la forma humana, y vivirla a fondo, desde la ignorancia, desde no saber quién era y tener que recuperar la memoria para averiguarlo. Tal como estaba escrito.

El camino de regreso fue muy largo, a través de incontables tiempos y espacios, pero al mismo tiempo fue brevísimo, un parpadeo apenas, porque de pronto Quetzalcóatl tenía que comprimirse al máximo, convertirse en una célula con su óvulo y su espermatozoide, e instalarse en el vientre de su madre, la huérfana Guillermina que vivía en Tepoztlán; Quetzalcóatl de nuevo era humano y tenía que nacer. Pero ya no sabía nada de sí mismo. Todo lo había olvidado.

En Tepoztlán nadie supo nunca quién fue el padre de Pancho, y Guillermina, la madre, nada pudo explicar porque ella misma jamás supo cómo había concebido a su hijo. Sólo tuvo sueños maravillosos de esplendores que no entendía. Creía que era cosa de encantamiento, y por eso se metió en las yerbas, la brujería y el curanderismo, en las limpias y la adivinación, para poder saber si le habían hecho un trabajo, y quién, y qué hacer, aparte de querer desaforadamente a su hijito, al que bautizó Francisco porque así se había llamado su papá.

Guillermina se sorprendía continuamente ante su hijo. El niño aprendió a caminar a los seis meses y a hablar a los siete; a los dos años ya daba largos paseos por el monte que volvían frenética de temor a Guillermina.

Pancho así aprendió todo lo referente a las plantas desde los cuatro años, y con frecuencia su madre le preguntaba cosas que ella no sabía o no recordaba.

Al mismo tiempo, Pancho parecía un niño perfectamente normal. Desde muy pequeño intuyó que sería mejor no mostrar sus aptitudes y comportarse como cualquier niño de la escuela, con la diferencia de que el Tepozteco le gustaba más que a nadie, y por eso lo conocía mejor. Por eso pudo descubrir antes que nadie el deslave que quitó el sello en la entrada a la ciudad de los dioses. Así pudo encontrar su propio destino, que ahora se había ligado al de Alaín y al de sus amigos de la ciudad. Nunca habría imaginado que así ocurriera, pero, por supuesto, así era como tenía que ser.

El espejo de Tezcatlipoca volvió a llenarse de humo y ya no mostró nada más. Todos los dioses, incluyendo a Huitz, estaban pasmados y no acertaban a decir palabra. Sólo comprendían que ahora todo había cambiado, ya nada sería igual, saldrían del Tepozteco y volverían a pasearse por los grandes volcanes, por las viejas pirámides, y no les preocupaba que ya no tuvieran cultos como antes, porque, a su manera, de nuevo estarían vivos en la gente de México, empezando por esos niños que ya los conocían desde lo más profundo y que, en buena medida, ahora eran parte de ellos mismos.

Por eso a nadie le sorprendió que la sombra donde se hallaban Tezca y Quetzalcóatl de pronto se convirtiera en un manojo de luz incandescente hasta que estalló en chispas y aparecieron con su máximo esplendor los dos dioses. Los demás, incluyendo a Coatlicue y a Huitzilopochtli, se apresuraron jubilosos a saludar y a felicitar a Quetzalcóatl, que había regresado al fin. Seguía siendo un jovencito con los rasgos de Pancho, ¡pero qué diferencia!

IV

Era ya de noche cuando los siete muchachos de la ciudad salieron de la caverna. Iban con prisa pues se había hecho tarde y no querían preocupar demasiado a los papás de Alaín. ¡Todo el día lo habían pasado fuera! Pero no estaban fatigados, ni siquiera Selene y Tor tenían hambre; sentían una energía nueva que los llenaba de arriba abajo, y con la ayuda de sus linternas sin dificultad recorrían la vereda, pasaban la cascada, atravesaban el desfiladero; avanzaban sin dudas aunque Pancho ya no estuviera con ellos para indicar el camino. Pero no era necesario, pues sentían que conocían la montaña como nadie.

Más abajo encontraron a los papás de Alaín que efectivamente se habían preocupado y organizaron un grupo de vecinos para buscar a los paseantes.

—¡Muchachos del demonio! —exclamó el papá de Alaín al verlos—, ya nos tenían preocupadísimos. ¿Se perdieron o qué? —inquirió mientras Coral abrazaba y besaba a su hijito.

—¡Nos metimos en una caverna gigantesca! —dijo Selene.

—¡Una cueva increíble! ¡Guau! —agregó Tor.

—Pero no nos perdimos… —empezó a decir Alaín.

—No, no nos perdimos —le quitó la palabra Érika—, siempre supimos por dónde ir.

—¿Y Pancho? No lo veo.

—Se quedó con unos amigos que encontró allá arriba —dijo Alaín, con absoluta seguridad.

—Sí —corroboró Érika.

—¿Y su mamá? Se va a preocupar. ¿Ya sabe?

—Sí, ya sabe —respondió Coral, ante la sorpresa total de los muchachos—. Antes de venir a buscarlos pasé por Guillermina para ver si quería acompañarnos, y me dijo que los chavos iban a regresar sin Pancho. Y que no nos preocupáramos, porque estaban bien y ya venían de vuelta. ¿Tú crees? ¿Cómo lo sabía?

—Es bruja, ¿no? —rio el papá de Alaín. Los siete muchachos estaban pasmados.

—¿Y qué comieron? ¿Se acabaron todo? —preguntó Coral, que de nuevo abrazaba a Alaín.

—Comimos riquísimo —respondió Tor—, guisados, molito, tortillas verdes…

—Ay sí. Cuál Tepozteco, ustedes se fueron al mercado —dijo Coral.

—No, de veras, quedó comida. Y muchas chocasitas —informó Selene.

—¿Y qué encontraron? —preguntó el papá.

—Encontramos… —empezó a decir Érika.

—… ¡A los dioses aztecas! —terminó Alaín, de lo más contento.

—Son padrísimos —agregó Yanira.

—Divinos —dijo Indra.

—Pues claro que son divinos, tarada —comentó Alaín—, son dioses, ¿no?

—Yo voy a escribir un largo poema sobre todo eso.

—¡Qué imaginación! —dijo Coral.

—¿Ven? Les dije que nadie nos iba a creer —deslizó Yanira.

—Pa' la falta que hace —asentó Homero.

—Yo veo distintos a estos chavos —dijo el papá de Alaín.

—Sí —asintió Coral—, como que se sienten más sabrositos.

—Señora, ¿no me habló un chavo de México que se llama Rubén? —le preguntó Indra, con expresión soñadora y un brillo en la mirada verdaderamente *divino*.

JOSÉ AGUSTÍN A LA SOMBRA DEL TEPOZTECO

Fotografías de Kim Manresa

Admirador de la obra de José Agustín, el fotoperiodista español Kim Manresa aprovechó su más reciente estancia en México, en abril de 2022, para visitar al escritor en su casa de Cuautla, Morelos. De ese encuentro surgen las instantáneas que permiten descubrir una parte de su vida en familia, a la sombra del Tepozteco.

José Agustín firma una reedición de *La panza del Tepozteco*
publicada en Debolsillo.

José Agustín en su casa de Cuautla, Morelos, en abril de 2022.

José Agustín y Margarita posan junto a sus hijos Andrés, Agustín y Jesús (de izquierda a derecha) en Tetelcingo, Morelos, después de la graduación de primaria de Agustín.

José Agustín, Agustín y Margarita.

Agustín Ramírez muestra una parte del proceso creativo que ha realizado
para ilustrar esta edición de aniversario.

José Agustín y su hijo Agustín.

José Agustín y Margarita Bermúdez, con quien se casó en 1963.

Cuadro que ilustró la portada original de *La panza del Tepozteco*
pintado por Leonel Maciel.

El estudio de José Agustín conserva la máquina de escribir en la que se crearon algunas de sus obras cumbre como *De perfil* (1966).

Agustín señala a Augusto Ramírez "Guti", pintor y hermano de José Agustín, quien en este mural se autorretrató junto a algunos de los héroes culturales de la familia.

José Agustín y Margarita Bermúdez celebrarán 60 años de casados en 2023.

ILUSTRACIONES DE UNA VISIÓN

Tres décadas después de haberse publicado por primera vez, Agustín Ramírez comparte la evolución de su proceso creativo retomando algunas de las ilustraciones de la edición original de *La panza del Tepozteco*, así como nuevas propuestas gráficas con las cuales busca recrear la maravillosa imaginación de su padre, José Agustín.

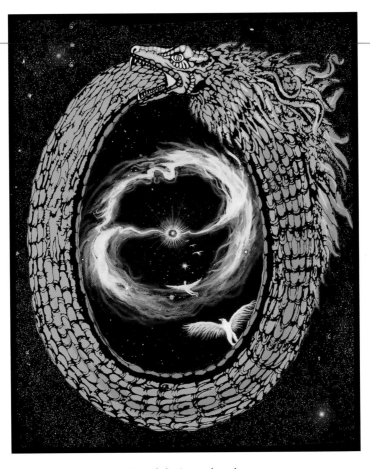

Portal de Quetzalcóatl.

Serpiente emplumada, guardiana del corazón.

La madre Tonantzin cocinando unos tacos.

Tezcatlipoca, el espejo humeante, resguarda el Tepozteco.

Códice original y representación del dios de la lluvia.

El fantástico viaje intergaláctico de Pancho.

El lado femenino de *La panza del Tepozteco*.

Tres caras de Quetzalcóatl.

Retorno de Quetzalcóatl a Tullan Tlapallan.

Edición conmemorativa

ONDA CON LOS CHAVOS

Por Antonio Malpica

Para Arturo Espinosa, con gratitud

El mismo profesor que recitaba a Lorca de memoria y se ponía laureles en la cabeza para hablar de Shakespeare fue quien me puso en las manos a José Agustín por vez primera. Se trataba de un tipo con pinta de Ciro Peraloca que amaba la literatura a grados superlativos. No es una exageración. Puedo contar la casi inverosímil anécdota de aquella vez que los alumnos matamos clase y él, pese a todo, dio el tema por visto porque estuvo la hora completa hablándole a los pupitres vacíos. (Gente que lo divisó desde el pasillo pudo dar fe del suceso).

Era la primera mitad de los años ochenta y yo estaba en plena adolescencia, cursando el bachillerato con música de Sheena Easton y Michael Jackson en el radio. Los libros todavía eran ese mundo un tanto extraño al que me asomaba como quien se mete a un museo, con mucha curiosidad, pero cruzando los dedos por no aburrirse mortalmente, esperando dar con ese hallazgo que lo invitara a volver y hacerle más visitas.

Fue en esa época que el profesor Espinosa, el mismo que lloró frente a nosotros con la *Muerte de Antoñito el Camborio*, nos obsequió unas hojas con un críptico título: *¿Cuál es la onda?* Sáquenle copias, léanlo y lo platicamos. Fue todo lo que dijo. Y ahí fuimos. En aquel entonces no había modo de compartir archivos excepto de esa manera. Organizando la visita a la Xerox de la biblioteca.

En tiempos en los que la literatura todavía era para mí un paulatino descubrimiento (tenía poco de haberme hecho lector, apenas en segundo de secundaria) le entré a *¿Cuál es la onda?* de un tal José Agustín, con cierta suspicacia. He aquí otra sentencia que no es exagerada: Me encantó tanto que leí el texto varias veces esa misma tarde. Me encantó tanto que vuelvo a él con cierta regularidad. Olvidé los comentarios del profe Espinosa al respecto, honestamente. Pero no la impresión que me causó el enfrentarme a un texto que podía ser tan poderoso, tan mexicano, tan cercano. A la fecha sigo creyendo que José Agustín logra en pocas páginas lo que tantas películas románticas no consiguen en muchos minutos: hacer que dos personajes se enamoren de verdad… y hacer que tú te enamores de ellos, también de verdad.

Con todo, quiero recuperar algo aún más importante de ese hecho. La soltura, la facilidad, la socarronería, la desfachatez, la buena onda… con la que el tal José Agustín consiguió que un joven del Colegio de Bachilleres 5 se enganchara con sus letras en un tiempo en el que quién sabe si se pensaba en términos de "Literatura Juvenil".

Ahora diré que leí *La panza del Tepozteco* muchos años después, a principios de este siglo. Cuando ya no era un joven sino un señor en forma (más o menos), escritor de LIJ en ciernes (algo así) al cual se le daba leer cosas que, aparentemente, tenían éxito con los chavos. Un poco para aprender. Un poco para descubrir "cuál sería su onda".

Así llegué, claro, a *La panza...*, que desde el título te remite a aquello tan cercano, tan mexicano, tan *joseagustiniano* que (recordé en el momento de enfrentarme a la primera página) me había atrapado desde las tropelías de Oliveira el bataquero y Requelle la Belle.

¿Cómo se escribe para jóvenes? Es algo que suelen preguntarme con frecuencia. Y aunque podría esbozar cien postulados, al final sería un ejercicio ocioso, pues si algo puedo afirmar ahora que soy un escritor de libros juveniles no tan en ciernes (*cross my fingers*), es que al final son siempre los jóvenes los que deciden qué quieren leer, fórmulas aparte.

No sé si será el ritmo vertiginoso, la frescura, el lenguaje hipercoloquial o simplemente algo tan ambiguo como eso que llaman talento... pero es evidente que José Agustín tiene onda con los chavos. Y en *La panza del Tepozteco* no deja lugar a dudas.

Lanzado (y lazado) el lector a un diálogo que no permite respiro, se descubre parte de una excursión de adolescentes hacia Tepoztlán que sale en microbús de la terminal de Taxqueña (¿Así o más cercano?). De ahí hasta que se encuentre en la panza del cerro, el lector no hallará descanso. No puede uno evitar pensar en aquel árbol de las brujas de Ray Bradbury pues, más pronto que tarde, la fantasía irrumpe con todos sus colores a desgajar la realidad. Con la simpatía inherente de muchachos que, aunque escritos hace treinta años, parecen de esta época y con la ayuda de todos los dioses antiguos adoptando posturas que nos recuerdan más al señor que vende tortas en la esquina que a lúgubres deidades, el viaje es como de carrito de feria: no importa lo que dure, siempre se te hace poco, siempre quieres más.

Más o menos tenía yo trece años cuando empecé a hacerme lector. Los mismos que tenía Tor cuando fue sondeado por Huitzilopochtli: "Había algo en él, luminoso y radiante, que lo guiaba a través del inmenso laberinto negro que significaba tener trece años y estar creciendo y cambiando sin parar".

Tenía yo trece años o algo así cuando un libro de un tal Salgari me iluminó parte del camino al exterior del laberinto, lo recuerdo bien. Han pasado muchos años desde entonces. Pero hay libros que no dejan de iluminar, quizá porque uno nunca deja de cambiar. *La panza del Tepozteco* es uno de ellos, estoy seguro. Como estoy seguro de que basta con acompañar a Oliveira y Requelle en su peregrinaje nocturno o a varios escuincles descarriados al interior de una cueva para sentirse joven otra vez. Irremediablemente.

LA DESMADROSA Y ENTRAÑABLE VOZ NARRATIVA DE JOSÉ AGUSTÍN

Por Fernanda Melchor

José Agustín es, sin duda alguna, uno de los pilares de la literatura mexicana contemporánea y, a mi juicio, uno de los que menos necesitan introducción. Leído profusamente por sucesivas generaciones de lectores provenientes de todos los estratos sociales y de todos los rincones de nuestro país, las imprescindibles novelas, cuentos, crónicas y guiones escritos por el acapulqueño José Agustín Ramírez han dejado una huella perdurable en la cultura mexicana y en la imaginación de quienes nos hemos deleitado desde chavos con su ágil, desmadrosa, rabiosamente maliciosa pero siempre honesta y entrañable voz narrativa.

Recuerdo haber leído por primera vez *La panza del Tepozteco* cuando tenía unos dieciséis años y estudiaba la preparatoria en Veracruz. En aquel entonces ya me había chutado la novela *El rey se acerca a su templo*, la antología de cuentos *Inventando que sueño* y la obra de teatro *Círculo vicioso*, los únicos libros de José

Agustín que había en la tétrica biblioteca pública del puerto, un edificio caluroso, polvoriento y gobernado por empleadas siempre malencaradas, y que invariablemente me recordaba a un círculo del infierno dantesco. Y fue precisamente ahí, debajo de los chirriantes ventiladores de la sala de lectura infantil, bajo la mirada ceñuda de la gorgona en turno, que por pura casualidad encontré un ejemplar de *La panza del Tepozteco*, en el que me sumergí inmediatamente para seguir a Pancho, Érika, Tor, Alaín, Indra, Homero, Yanira y la pequeña Selene en sus delirantes aventuras subterráneas y su encuentro con el antiguo panteón de las deidades del mundo náhuatl prehispánico.

No sé si a ti te ocurra lo mismo que a mí, colega lector, pero siempre me ha impresionado la manera tan contundente y a la vez tan seductora con la que los libros de José Agustín parecen hablarnos directamente, interpelarnos a cada uno de nosotros por separado, acerca de las cosas que realmente nos importan, que verdaderamente nos parecen urgentes. Con su estilo personalísimo, y haciendo gala de un lenguaje que sabe llegar al tuétano, las letras de José Agustín tienen la virtud de provocar efectos: ya sea que nos doblen de la risa con su humor socarrón y subversivo, o nos dejen boquiabiertos con las sorpresas que nos depara la trama de sus ágiles novelas, o nos irrite la forma en que consigue develar la naturaleza absurda y caótica de nuestra consciencia humana, o simplemente para sumergirnos de lleno, como en *La panza del Tepozteco*, en un mundo de aventuras gozosas y a la vez espeluznantes, en el que es posible volver a ser niños de nuevo, creer en el poder de los dioses antiguos y dialogar —o batirnos— con ellos en el vientre de un cerro milenario, o en las misteriosas simas de nosotros mismos.

LA CUEVA DE LAS TRANSFORMACIONES

Por Emiliano Monge

Hubo una época en que la escuela me resultaba una tortura.

Esa época, si soy sincero, duró exactamente lo mismo que duró la escuela.

No es que padeciera todo, por supuesto. Los recreos y la posibilidad de saltarme las clases siempre significaron una alegría y un gozo particulares.

Una alegría y un gozo que, extrañamente, no siempre estaban relacionadas con el juego. Y es que, así como disfrutaba del futbol, el voleyfut o el frontón con balón, disfrutaba la procrastinación y el arte de convertir la conversación en el centro de la vida.

Así de absurda puede llegar a ser la rebeldía de la adolescencia y la primera juventud: mis amigos y yo éramos capaces de faltar a clase de Historia para quedarnos, debidamente sentados en una jardinera, hablando de historia. Igual que muchas otras veces nos brincábamos la clase de Filosofía para hablar, durante aquella hora, de filosofía.

Pero si antes hablé de torturas, seguramente aquello fue mucho peor para mis padres: un hijo que cada año pasaba de año milagrosamente y siempre en el último momento, último momento en el que concentraba todas sus capacidades y el mínimo requerido de sus esfuerzos, entendí tiempo después, cuando me tocó a mí ser ese padre en constante sufrimiento, debió ser una verdadera pesadilla.

Una pesadilla de la que, para colmo y sin excepción alguna, el hijo es consciente, no tanto por la reprimenda o el castigo como por los zopilotes de la congoja y la desilusión, que desde siempre y para siempre trazan sus círculos concéntricos y eternos sobre las casas familiares: recuerdo con una claridad meridiana el día en que uno de mis amigos, mientras yo disertaba cómo iba a explicar ante mis padres que aquel bimestre hubiera reprobado siete de las ocho materias que cursaba, me pidió solemnemente que me callara.

"Por favor cállate que estoy concentrado", repitió Sergio, quien había ralentizado sus zancadas sobre la banqueta y caminaba un par de pasos detrás mío, cuando giré la cabeza y lo vi llevando a cabo algo que yo, cada dos meses, soñaba hacer sin nunca atreverme: sus manos estaban rasgando, rompiendo, en realidad, la boleta de calificaciones, en la que él también había reprobado siete de las ocho materias que cursábamos, por el mismo motivo, es decir, por exceder el número de faltas permitidas para cada periodo —hubo un año en que faltamos a 56 de las 70 clases de Química.

Cuando hablaba de procrastinación, hablaba en serio: éramos expertos, verdaderos maestros, en el arte de postergar lo impostergable en nombre de lo intangible pero absoluto, de lo irrelevante pero fundamental, de todo aquello que, para nuestros maestros y nuestros padres, es decir, para los adultos —aunque, claro, también para la mayoría de nuestros compañeros y compañeras, quienes habrían de engrosar los ejércitos de esos adultos cuyas vidas no supieron nunca despegarse de las ideas comunes y corrientes de éxito y provecho— era innecesario pero que, para nosotros, era lo único urgente.

Lo único urgente y lo único verdaderamente real: que en cada instante de nuestra existencia cupiera todo, que cada momento de la vida fuera un destilado embriagante y denso en el que se mezclaran experiencia, pensamiento, lecturas y juego. Algo casi imposible de conseguir. *Casi*, insisto. Porque conseguirse, aquel bimestre en el que Sergio y yo reprobamos siete de ocho asignaturas, aprendimos que era posible. Por eso, de hecho, la única materia que no reprobamos aquella vez fue la de Literatura. Y por eso, quizá, faltamos al resto de clases como nunca.

Alejandro, ése era el nombre del profesor de Literatura que a comienzos de aquel bimestre nos dejó *La panza del Tepozteco*, un libro que había sido publicado poco tiempo antes y cuyo título, así de golpe, no me golpeó como habría luego de golpearme su lectura. Lo recuerdo como si me estuviera volviendo a suceder justo ahora: de pronto, aquel libro que teníamos que leer era un libro que podríamos haber elegido leer; de golpe, en la última obligación escolar cabía el mundo.

Y es que por las páginas del libro de José Agustín no sólo paseaban unos cabrones que podríamos haber sido nosotros, mis amigos y yo, sino que ellos —el gordo Tor, Yanira, Érika, Alaín, Selene, Indra y Homero— se hundían en la pendiente de una historia que también podría habernos sucedido a nosotros: la de un viaje que de repente se convierte en una exploración vital que luego, de golpe, se transforma en una experiencia mística.

¿Se puede aspirar a algo mejor en la adolescencia? ¿No es eso, que un paseo se convierta en un *aleph* de vida, que el deseo, miedo y estupor con que se entra en una cueva se transformen en una ventana al pasado y al presente, en una disputa con deidades antiguas y con nuestro ser interior, precisamente, lo que debe darnos la literatura?

De pronto, en las páginas de *La panza del Tepozteco*, lo intangible era absoluto, lo irrelevante era fundamental y lo innecesario era lo único urgente. De repente, la obra de José Agustín convertía la procrastinación en otro arte: impostergar lo postergable.

Por eso, quizá, cuando llegamos a las gorditas donde habríamos de comer, tras tirar los restos de su boleta, Sergio me dijo: "Total, podemos irnos a vivir al Tepozteco".

Y por eso, años después, cuando mi hijo renegó de sus lecturas escolares, le regalé ese libro.

No dejó de reprobar, claro, pero empezó, él también, a leer de otra manera.

RETORNO A LA MONTAÑA SAGRADA
(SOBRE LOS HOMBROS DE GIGANTES)

Por Agustín Ramírez

Muchos años atrás, en alguna coordenada perdida del tiempo y del espacio, o para ser más precisos, en los inicios de mi adolescencia, mi padre, un excelente pero también controvertido escritor mexicano, conocido simplemente como José Agustín, nos inculcó la creencia mística, a toda su familia, incluido yo, que debíamos subir, al menos una vez al año, hasta la cima de una pirámide, en la cumbre de un monte que se levanta sobre el pueblo de Tepoztlán, para presentar nuestros respetos a la creación de la Madre Tierra, de nosotros mismos y del Universo entero. No nos lo expresó así, o con todas esas palabras, pero así lo entendí yo, o así trato de explicarme con ustedes, amables lectores y queridos amigos o amigas (o lo que gusten ser), esta bandera que hoy nos reunimos aquí, en una congregación telepática con mi padre, el gran cuentacuentos, para reencender la fogata de esta vieja leyenda, una pequeña pero poderosa novela juvenil que escribiera como un relámpago sobre su máquina de escribir eléctrica, y a la cual nombró *La panza del Tepozteco* (Alfaguara, 1992).

No me cabe duda de que la redactó como una ofrenda para varias novelas que adoraba, de entre sus muchas lecturas fantásticas, mitológicas y de ciencia ficción, joyas literarias repartidas alrededor del globo y las eras, como exquisitos tesoros escondidos, para ser descubiertos por una mente ágil y afinada como la suya. Pero otro ingrediente principal en la creación de este elixir de palabras mágicas fueron nuestras constantes visitas a esa vieja montaña, tan mítica para mí ahora, como lo fue para José Agustín cuando concibió su novela, salida de alguno de sus sueños extraordinarios, como sólo él sabía hacerlos realidad, en sus mejores años, subiendo a alturas espirituales que pocos se atreven a alcanzar.

Releer el libro ha sido un gran viaje de placer, se siente como ascender lentamente por ese monte lleno de bosques y abismos, sin pausas pero sin prisas, mirando absortos esa gran belleza, mientras el hombre de los refrescos sube trotando hasta la cima muy temprano, con varias cajas de chescos en la cabeza, tal cual mi jefe lo retrató en su libro, o tal como cuando él mismo, don J.A., me subía sobre sus hombros, cuando yo era un morrito, por las escalinatas del Tepozteco. Debo confesar que escribir esto representa para mí un acto de psicomagia, diría otro viejo místico anarquista. Colaborar aquí, una vez más, es un honor y un privilegio, no sólo por ser un admirador más de la obra joseagustiniana, sino también porque me encanta esta historia y de alguna manera ser parte de ella, pues es ni más ni menos que el libro que mi padre me dedicó cuando yo tenía la tierna edad de dieciséis abriles. Este gesto de su parte me resultó tan extraño como halagador, aún más porque me invitó a realizar unas ilustraciones que acompañarían su novela, y posteriormente, al ver mi apodo familiar en la dedicatoria, no pude creer semejante gesto de camaradería; cuanta amabilidad, pensé yo. Tenía razón. La generosidad con que mi papá me invitó a trabajar en dos o tres proyectos, compartiendo su botín en partes iguales, es algo que casi nunca volvería a ver, salvo con algunas personas muy queridas y especiales, y siempre fueron sus admiradores de corazón, buenos lectores o adictos a sus letras los que me permitieron asomarme entre las puertas del reino.

Pero volvamos a mirar en este prisma cristalino que robé de su cajón secreto y observen cómo en su interior ya se pueden ver reflejados aquellos días, durante la gestación del libro, *in utero* del Tepozteco, allá por el año de 1991: mientras mi padre terminaba de escribir su nuevo libro, redactado en unos cuantos meses, como un rayo de alcances sobrenaturales, yo me encontraba acampando en las entrañas de la montaña misma, la cordillera mágica en cuestión, en una cueva de la Sierra Madre, con una pandilla de amigos y amigas. No fue una coincidencia que esto forme parte de la trama del book, pues solíamos hacer eso en distintas locaciones del estado bastante a menudo y siempre debía pedirles permiso a mis padres antes de pernoctar en un cerro, un volcán o una gruta. Ya éramos de prepa, pero algo de eso debió disparar el gatillo creativo de mi padre, y la novela comenzó a crecer en su esquizogénesis de personajes místicos y niños revoltosos.

La idea de que mi jefe escribiera un relato infantil fue del entonces editor Sealtiel Alatriste, originalmente, o él fue el encargado de informarle que la editorial Alfaguara buscaba libros para niños y no tan niños, originales, de calidad y con autores mexicanos reconocidos, para la colección Botella al Mar, en coedición con el Consejo Nacional para la Cultura y las Artes, ni más ni menos, la cual incluyó trabajos de otros buenos cumpas del jefe como Juan Villoro, quien colaboró con *El profesor Zíper y la fabulosa guitarra eléctrica*, o Francisco Hinojosa, que se chutó *Una semana en Lugano*. Tras pensarlo un poco, mi padre vio una oportunidad y, como un goleador experto, la tomó al aire para darse rienda suelta y hacer este homenaje a las lecturas más insólitas de su librerinto, algunos de los libros mágicos que habitan en la casa de mi padre. Miles de obras de arte escrito cubren las paredes de su estudio, desde que tengo memoria, y antes también se apilaban en la sala, donde ahora ya sólo colecciona discos compactos: crecí siempre tras pilares y murallas de papel y letras secretas, en todas las habitaciones, libreros con senderos que se bifurcan, vivos y mutables, libros voladores tan profundos que alcanzan el centro de la Tierra o de la humanidad, tan altos como el cielo y el más allá; y de pronto, de entre ese universo de sabiduría y demás locuras, mi padre extraía un libro en particular, uno cada vez, con portadas misteriosas, y comenzaba a leernos alguna reliquia o algo más reciente. Pero el caso es que siendo niños, le gustaba contarnos los mejores relatos infantiles, desde los *Cuentos de los Hermanos Grimm* o *Las mil y una noches* pasando por el *Pinocho* de Collodi, *Las Crónicas de Narnia*, *El Hobbit* y *El Señor de los Anillos*, o *El Asno de Oro* de Apuleyo, mitología griega y china, dentro de la cual destacaba el *Viaje al Oeste*, también conocido como *Las Aventuras del Rey Mono*, entre tantas leyendas que nos mantenían asombrados y curiosos, noche tras noche hasta que detenía su relato para irnos a dormir, con la promesa de continuar la noche siguiente o cuando fuera posible, entre el trabajo y los propios viajes de mi jefe. Este amor por la literatura fantástica fue lo que lo motivó a escribir *La panza del Tepozteco*, y de ahí que en las páginas cerca del final (*Spoiler Alert!*), durante el viaje intergaláctico, José Agustín enumera varios mundos y sus extraños personajes: "… los resucitados del Mundo del Río y a los ingenieros del Mundo Anillo, a los domadores del desierto de Arrakis, a los seres sin sexo y a la vez hermafroditas de Invierno, o Gueden, al pueblo científico del Asteroide Sargazo, que convirtió en tigre-tigre a Gulliver Foyle; contempló los mundos de Trántor, Fantasía, Tierra Media, Namia, Terramar, Prydain, Worlorn, Melniboné y Borthan con todo y Sumara Borthan…"; todas locaciones oníricas completamente inventadas por otros escritores de espíritus libres como el suyo, y entre los cuales encontramos referencias a varios héroes literarios como Philip José Farmer y su *El Mundo del río*, Olaf Stapledon y su *Hacedor de Estrellas*, entre tantos otros que visitó en las travesías de sus lecturas extraordinarias. Y el resultado que usted puede obtener, amable lector, al leer esta obra, es lo que yo he sentido desde siempre, creciendo y leyendo con él: como que uno camina sobre los hombros de gigantes.

Como la mayoría de los mexicanos y muchos extranjeros, José Agustín no oculta aquí una devoción por el mundo prehispánico, su amor por las culturas mexica, maya, olmeca, tolteca y las mil y una etnias mexicanas, como cualquier compatriota que se respete; y todos esos asombros dieron forma a la masa primigenia, con la que, como un hechicero o un chamán, comenzó a diseñar su narración extraordinaria, una que, como las antes mencionadas, pudiera escapar completamente de la realidad por un rato, hacia otros mundos, hacia una realidad aparte. Los viajes de hongos, peyote y LSD una vez más se reactivaron para alucinar una historia que, sin ningún pudor o límite humano salvo su imaginación, diera rienda suelta a algunas de las escenas más insólitas en su obra, como con (*Spoiler Alert!*) las diosas Coatlicue y Tonantzin pegándole al juego de pelota, en una cancha celestial, con una esfera en donde los pequeños protagonistas observan la contienda aterrados, pero también divertidos.

Le encantaba llevarnos a pueblear y visitar Tepoztlán, Xochicalco o Chalcatzingo (en donde, por cierto, una vez se citó con Carlos Castaneda, y siendo yo sólo un niño, los observaba desde lejos mientras jugaba, y ellos parecían hablar de cosas que yo nunca sabré, que quizá nunca voy a comprender), eso por mencionar las zonas arqueológicas de Morelos, de entre las muchas que habrá visitado mi padre en su vida. Al principio íbamos guiados por el antropólogo Carlos Barreto y su amable familia, cuando llegamos a vivir a Cuautla, y creo que poco a poco se formó la idea de rendir un pequeño pero inspirado festejo a la cultura azteca y su mitología. Para ello ideó la historia de unos niños chilangos que se pierden en unas grutas misteriosas del monte Tepozteco, y se encuentran con que han abierto un túnel hacia el refugio astral donde los dioses de nuestros ancestros descansan, retirados de un mundo que ha dejado de adorarlos (la idea del portal interdimensional es clásica en la literatura fantástica e infantil, desde luego, desde la *Divina comedia*, o el agujero del conejo y el posterior espejo de Alicia, pasando por el ropero de Narnia o el libro hechizado en *La Historia Interminable*, y hasta el *Laberinto* de Jim Henson, por ejemplo). Pero no es una casualidad que estos niños citadinos y su guía indígena hayan encontrado la entrada a este mundo sagrado, donde conocerán toda la verdad que anida en sus almas. Evidentemente, estamos ante una introspección al niño interior que aún jugaba en los rincones del cerebro paterno, y se revela aquí en el prisma mágico de la infancia, a través de la mirada de los dioses. Y todo esto se desarrolla de forma vertiginosa y trepidante, entre batallas y combates como los que le gustaban al Rey Mono, o las que disfrutábamos extasiados en el cine, producto de la imaginación desbordada y superproducida de George Lucas o Steven Spielberg, que con historias infantiles pero muy modernas nos despertaron a todos el chamukito interno. Todos ellos motivaron igualmente a mi padre para desarrollar el género infantil, tentado por *La Guerra de las Galaxias*, *Indiana Jones*, *Los Goonies*, y *E.T.*, que —cuando era eskuincle— mi padre, mis hermanos y yo vimos hasta el cansancio. Pero también lo habrá poseído el deseo de emular los trabajos con niños en *Los 400 Golpes*, *El Niño Salvaje* o *La piel dura* de su ídolo Truffaut, las cuales también he wachado con gusto, y aún hoy en día se les revisita acá en la sala de mi jefe; se les acerca uno con alegría pero también reverencia y harto respeto. En la mente de mi apá, todos esos niños ficticios jugaban juntos en un jardín imaginario, conviviendo entre bromas y risas, hasta lograr la amalgama de una obra divertida, atractiva para los morros, llena de acción pero también de contenido espiritual, y acaso interesante para los padres, que puedan jugar un poco con sus mentes y almas y los símbolos del pasado prehispánico que gritan por un lugar bien iluminado en nuestros corazones. Se propuso hacer esto, y en mi canija opinión lo logró a todas luces, como siempre que escribía, buscó ir más lejos de lo que ningún otro escritor mexica ha ido jamás, a los confines del infinito y más allá. Y pienso que escribió, tuvo hijos y les leyó historias, llegó a memorizarlas para contárnoslas e incluso inventarlas para todos nosotros, tratando de compartirnos su buena educación intergaláctica, pero, primero que nada, escribió éste y otros de sus libros más místicos como un gran ritual de letras al rojo vivo, códices para orientar su propia alma contra el modernismo desacralizado y carente de fe y mitos. Vivimos entrampados en una religión impuesta a sangre y fuego y otra perdida en el tiempo, enterrada bajo las iglesias, o quizá, por qué no, en su morada bajo la tierra del monte Tepozteco, donde los antiguos dioses aguardan soñando. Y mientras tanto, una gran mayoría de masa humana deambula y languidece desorientada, en una especie de limbo diseñado por los mercaderes de mentes y almas. Pero para todo eso, libros como *La panza del Tepozteco* y los antes mencionados ofrecen un remedio, una cura, una solución alternativa, que además es un placer leer de principio a fin, mientras, de paso, los fieles lectores aprendemos un poco de nuestras raíces y a revalorarlas, siguiendo este sendero luminoso de vetustas deidades y niños curiosos.

Además, creo que mi padre buscaba conciliar ese panteón de los dioses precolombinos con la realidad moderna, forzar a los jóvenes lectores a desarrollar su imaginación, escapar un momento de la tecnoadicción y volver a luchar por las creencias de un México perdido, pero muy vivo dentro de nosotros. Conviven pues, en esta obra, el misticismo ecléctico y encendido del jefe con la novela de aventuras, algo que en su producción sólo se encuentra aquí, un atisbo a su maravilloso mundo interior.

Entre esos arcanos recuerdos, veo en mi prisma aquellos días, una vez más, cuando yo me encontraba acampando con vari@s amig@s, en las entrañas del Tepozteco, tal como él describió, con la dedicatoria que introduce a esta lectura: "Para Tino, recién salido de estos territorios". Ese Tino al que se refiere vendría a ser un servidor, y pienso que implicaba que yo, como los niños y personajes de la novela, recién había dejado de ser niño, y como en la aventura que encierra este libro mágico, estaba atravesando un ritual de paso, cruzando de la infancia a la adolescencia. Sin embargo, también refleja, cual postal de mi vida, el momento exacto que yo vivía: puedo leer en el texto cómo nos observaba y recuerdo que nos preguntó si el lenguaje de los niños era creíble y adecuado a esos tiempos.

Al regresar a la casa de aquella lunada en el cerro con mis compañer@s de aventuras (y durante la cual me perdí vagando en los altos senderos de la noche y un gato negro me ayudó a regresar al campamento), mi padre me entregó un fajo de cuartillas calientes, que contenían su nuevo libro recién terminado. Me lo entregó, diciéndome que lo leyera y le diera cualquiera que fuera mi opinión, checara ese lenguaje y, además, me dio la encomienda de realizar esas pequeñas ilustraciones que, como resultaron las cosas, para bien o para mal, acompañaron este magnífico librito, que de ser sólo una noveleta infantil/juvenil para una colección de la editorial Alfaguara, se convirtió en uno de los libros que mejor se le venden a mi padre, especialmente en nuestro estado de Morelos, donde muchos maestros de literatura, prepa o secundaria lo recomiendan a sus alumnos con entusiasmo deportivo. Ha cambiado de edición, portada y editorial varias veces, siempre acompañado de mis garabatos, los cuales sobrevivieron a las mutaciones del libro cual fieles escuderas. Incluso la portada original, que fue encargada por mi padre al excelente pintor Leonel Maciel, quien aparece caminando por el centro de Tepoztlán al principio del libro, fue arrancada en ediciones posteriores, por lo que la hemos incluido para recobrar su valor ya casi antropológico.

Y aunque mis dibujos tenían algunos aciertos, la verdad también padecían de diversos detalles que siempre quise corregir (como un trapo sobre la cara de una Tonantzin que el editor colocó sin decirme nada, pues no le gustó el rostro que intenté basar en la Virgen María). Así que no pude ser más feliz, cuando esta misma editorial me contactó, treinta años después, para realizar una edición conmemorativa de *La panza del Tepozterco*, con algunas ilustraciones nuevas, así como las rescatables de la edición original, remasterizadas. Así que con ayuda de mis amigas editoras Elizabeth Rosales y Dalila Carreño, diseño a cargo de Mónica Huitrón y de portada por Diego Medrano (y mi novia Karen Lizama que coloreó varias y armó el collage digital para el Quetzalcóatl de dos cabezas), nos embarcamos en la idea de rediseñar e iluminar imágenes, además de agregar otras nuevas. Nos hemos dado a la tarea de presentar una edición conmemorativa visualmente corregida y aumentada, y espero mejor ilustrada, con prólogo de Francisco Hinojosa, además de que va comentada por hartos escritores, como mis hermanos Andrés y Jesús Ramírez-Bermúdez y Emiliano Monge, entre varios admiradores de la obra, como la emergente Fernanda Melchor, además de que incluye fotografías del camarada fotógrafo catalán, Kim Manresa, como cereza del pastel. Es una edición que rinde un homenaje a sus personajes y trama entrañables, a la ya longeva calidad de su prosa, a veces casi poética de tan encendida (como cuando describe la exuberante flora del cerro); se le festeja por treinta años de sobrevivir en el medio editorial infantil y juvenil mexicano, donde *La panza del Tepozteco* tiene ya un lugar en el imaginario nacional, pero demandó regresar del Mictlán para congregarnos y celebrar a nuestros ancestros. Así pues: Enhorabuena, José Agustín y su pequeña gran novela, mil y una gracias por incluirme, pues como bien me señalaste al saber de esta reedición conmemorativa: "Quién diría que esa novelita traería tantas alegrías y satisfacciones", así que salud con pulque natural, por todos los niños y niñas reflejados en sus páginas, chamacos de ayer y mañana, los invito a redescubrir el camino de los dioses, queridos y amables lectores (as o x), buenos amig@s, herman@s de letras, toda la bandera reunida aquí, en torno a esta fogata renacida por sí misma, en las entrañas de la Montaña Sagrada, espero les agrade nuevamente este coctel legendario de sueños y realidad. Me despido, pero no sin antes brindar por los dioses de antaño, aún intentando despertarlos con mis cantos narcotizados:

¡Alabados sean padres Quetzalcóatl y Huitzilopochtli, madres Coatlicue y Tonantzin, mis Señores Tláloc y Xiutecutli y el resto de la pandilla cósmica, alabados sean por siempre!

EL TEPOZTECO COMO MANTRA

Por Andrés Ramírez

Por aquella época cumplí veinte años. No me hubiera imaginado que un año después mi vida cambiaría toda. En 1992 vivía en la Ciudad de México después de haberme mudado con mi hermano Jesús a un departamento en Barranca del Muerto, quería estudiar Comunicaciones en la UNAM y vagaba por la ciudad sin rumbo fijo. En esos años la familia nuclear vivía una transformación total, pues nos habíamos venido a estudiar "a la capital" y mis padres y mi hermano Agustín seguían en Cuautla, Morelos, donde habíamos vivido los pasados años con mucha raigambre. Jesús y yo tomábamos los fines de semana un autobús en la terminal Taxqueña para ir al terruño y el domingo en la noche volvíamos a la vieja ciudad de hierro. El regreso era particularmente melancólico.

No recuerdo la gestación propia de *La panza del Tepozteco*; será por esos ires y venires, y porque mi foco estaba ya en otro mundo que veía borrosamente a lo lejos. Mi padre siempre fue un leo extrovertido que comentaba la mayoría de las cosas que pasaban por su cabeza, y más lo que escribía o pensaba escribir. O las aventuras del pasado por las que había transitado al escribir. Era gozoso verlo hacer eso, sin duda el cenit de su vida estaba regido por la escritura. La novela *Cerca del fuego* la vimos crecer y a él sufrir con ella en tiempo real. Estábamos en un *reality show* sin saberlo, en ese momento nadie imaginaba que la cultura del mundo giraría al onanismo y el exhibicionismo de manera ridícula, pero fuimos *de avanzada* sin saberlo. Mi padre hablaba de sus libros como si fuéramos parte de una asamblea a la que él daba parte de guerra. Sabíamos que la batalla se libraba en la noche, cuando se iba a su estudio-cápsula espacial, y se enfrentaba a la hoja en blanco. De lejos veíamos la luz en el estudio e incluso antes, cuando usaba máquina de escribir, se oía claramente el furor de los teclazos. Con la computadora eso disminuyó, pero nunca desapareció.

Lo que sí recuerdo es que años antes, cuando era niño, hablaba de un libro para niños que quería escribir y que nunca hizo. *Las aventuras de Lucas*, quien era nuestro perro, un típico cocker spaniel de luminoso carácter, y que vivía en el libro imaginario como Hércules sus siete epopeyas con siete dueñas diferentes y estrambóticas. Hablaba de cada una de ellas con precisión y era un relato divertidísimo, imaginaba perfecto a mi can metiéndose en esos problemas y siempre tratando de huir. Él nos lo contaba —siempre con la brújula de escritor en la mano— como en las noches en que nos leyó los cuentos de los hermanos Grimm o su amadísimo *Monkey*, de Wu Cheng-en, que nos marcó profundamente.

Un día mi papá me invitó a comer, dijo que venía a la ciudad a ver a un editor y me pidió acompañarlo. La cita era en el Buen Bife, en la colonia Del Valle, y el editor era Sealtiel Alatriste, quien llegó acompañado por otro espécimen de la república de las letras. Yo me sentía raro pues no sabía mi papel y, a diferencia suya, mi temperamento era más bien introvertido para ser tauro. Ahora sé que esa cita fue didáctica, ilustrativa, pues dos años después entraría yo a trabajar como editor asistente a Planeta. Observé con atención los modos del editor Alatriste, el papel que jugaba, y en algún momento de la comida le propuso escribir un libro para niños, pues iba a inaugurar una colección para ese público. Con la obra que le proponía, saldrían textos de Francisco Hinojosa, Bárbara Jacobs y Juan Villoro. No recuerdo bien si aceptó en ese momento, pero sí tengo la impresión de que Alatriste le proponía, además, publicar la novela que mi papá planeaba escribir enseguida: *Dos horas de sol*. Esto último nunca se llevó a cabo, pues yo la edité en 1994 en el sello Seix Barral —¡y fue el primer libro que edité en mi vida, vaya casualidad!—, pero en cambio *La panza del Tepozteco* sí tuvo fortuna y salió originalmente en Alfaguara Infantil en 1992. Los dibujos los realizó mi hermano Tino; recuerdo haberlos visto mucho antes de que saliera el libro y todo el proceso creativo, además de la negociación por el rostro de Tonantzin que había hecho. Este trabajo conjunto padre e hijo entusiasmó especialmente a mi papá, se sentía lleno de orgullo de la colaboración con mi hermano, quien por esos días batallaba absurdamente en la preparatoria con los fascistas de siempre, los que siempre hay en todas las épocas.

Mi querido padre disfrutó mucho ser papá y se nota en este libro, el único en su clase de los que escribió. Decía a la menor provocación: "García Márquez siempre me recomendaba 'Súbete al tren de tus hijos' y yo siempre lo hago", y *La panza del Tepozteco* condensa muchas de las cosas que nosotros como chamacos vivíamos en los años ochenta: ir de aventura a la naturaleza, a ese Tepozteco o a la barranca que estaba a unos metros de donde vivíamos, además de la relación con nuestros amigos, hijos de campesinos de la primaria Plan de San Luis, todos ellos nahuas de Tetelcingo. Ese borde que retrata aquí, el que hay entre los muchachos urbanos y los del campo, creo que fue uno de los principales motores para escribir este libro que ahora conmemoramos. En 1992 mis papás casi cumplían veinte años de haber llegado a vivir a Morelos, a la casa del abuelo, y seguían enamorados de la tierra de Zapata.

Escribo en la casa que crecí. La barranca sigue al lado, pero muy deteriorada por el cauce *civilizatorio*. Oigo a mi hijo Lucio jugar en la alberca y me recuerdo a mí mismo. La semejanza es inaudita, ¿cómo se heredan símbolos y caminos sin que uno se lo proponga, incluso lo evite? Mi padre siempre fue escritor nocturno aunque cantaba la canción de Donovan "Writer in the Sun". Yo ahora acabo este texto mientras él duerme, pues eso no ha cambiado con el paso del tiempo: siempre se despierta tarde.

Cuautla, junio de 2022

EL TREN DE LOS HIJOS

Por Jesús Ramírez-Bermúdez

Decía mi papá que —según Gabriel García Márquez— cada generación tiene la oportunidad de subirse en el tren de los hijos. Ésta es la cita textual, tomada de un artículo publicado el 14 de diciembre de 1980: "los viejos no somos los que tenemos muchos años sino los que no se subieron a tiempo en el tren de sus hijos". El escrito apareció seis días después de la muerte de John Lennon. García Márquez no era un gran aficionado al rock, pero uno de sus hijos sí lo era, y el tren metafórico se refiere al alivio que sobreviene cuando las disputas generacionales se resuelven con la mediación del arte. De manera más específica, hay un alivio duradero cuando los viejos se abren a las posibilidades artísticas exploradas por los jóvenes. Estoy haciendo esta reflexión porque, a mi juicio, cuando mi padre escribió *La panza del Tepozteco* se vio en la necesidad de escribir un cuento para las siguientes generaciones, y eso lo obligaba a reconocer que él ya era un hombre de mediana edad. Ya no era el joven terrible que innovó las letras mexicanas en los años sesenta del siglo XX, sino un padre de familia con tres hijos en plena adolescencia. ¿Cómo resolvió la cuestión? Esto me permite compartir con los lectores una faceta de José Agustín que no es tan conocida.

Además de una cultura histórica y mitológica enorme, casi enciclopédica, mi padre ha tenido siempre una afición auténtica por las obras de ciencia ficción y fantasía. Quizás eso parece entrar en contradicción con su perfil de escritor realista. Pero una búsqueda entre sus textos puede mostrar que en algunos de sus artículos periodísticos de los años sesenta, hay reseñas de muchas obras literarias que pertenecen al canon fantástico o a la ficción especulativa, como los libros de E. T. A. Hoffmann, Ray Bradbury, J. R. R. Tolkien, o *El diablo enamorado*, de Jacques Cazotte. Tal y como lo cuenta mi hermano Agustín en su propio escrito, mis hermanos y yo tuvimos la gran fortuna de tener todas las noches a un cuentacuentos en casa, quien nos leía piezas como *Mono*, de Wu Cheng-en, *Las mil y una noches*, y *El Hobbit*, de Tolkien. Fuimos fanáticos de esas obras y de sus ramificaciones en la cultura popular; me refiero, en particular, a las obras cinematográficas: mi padre llevó a Andrés a ver *2001*, de Stanley Kubrick, cuando él tenía 6 o 7 años. Agustín y yo no vimos la película, pero intuíamos que un nuevo ritual estaba en juego, y así llegamos a *Star Wars*, *Alien*, *Blade Runner*, y todo era parte de una gran mitología, un tejido formado por la literatura, el cine y la música. Mi padre no era condescendiente con esas fantasías infantiles: más bien las enriquecía mediante conexiones inesperadas con la historia universal y con intrusiones de otros géneros artísticos, incluyendo la espiritualidad y el realismo, como si todo fuera parte de una misma red cultural que enlazaba a lo real con otras cualidades de la experiencia: lo surreal, lo onírico, lo especulativo… la experiencia estética de las artes narrativas permitía la integración de todos esos niveles durante un mismo día.

Por mi parte, leí todo lo que tuve a mi alcance: *El Silmarillion* y *El Señor de los Anillos*, de Tolkien; *Momo*, *La historia interminable* y *El espejo en el espejo*, de Michael Ende; *Los elixires del diablo*, de Hoffmann; *El último unicornio* de Peter Beagle; *El caldero mágico*, de Lloyd Alexander. En la adolescencia descubrí *El campeón eterno*, de Michael Moorcock; *El Señor de la Noche*, de mi adorada y perversa Tanith Lee, y la trilogía de Terramar, de Ursula K. Le Guin. Mi padre trató de llevarme hacia la fantasía latinoamericana de Borges, Bioy Casares y Cortázar, pero yo no estaba preparado aún para ese nivel de sofisticación narrativa. Primero hice un largo recorrido por la ciencia ficción anglosajona. Era un encuentro inevitable: yo tenía instintos científicos y a la vez un inmenso amor por la imaginación literaria. Pero este género parecía demasiado vasto y no había un mapa de orientación. En uno de sus viajes a la Ciudad de México, mi padre compró tres libros que fueron éxitos instantáneos en la profundidad de mi alma: *Hacedor de Estrellas*, de Olaf Stapledon; *Crónicas marcianas*, de Ray Bradbury; y *Más que humano*, de Theodore Sturgeon. A partir de ese momento usé mis ambiciones científicas para investigar todo lo posible acerca de este género, y modestamente llegué a ser un tipo odioso que ignoraba cualquier cosa importante sobre la vida cotidiana (las relaciones de pareja, las amistades, las drogas, los viajes) pero que tenía profundos conocimientos acerca de cosas inútiles, como los futuros posibles y los mundos alternativos explorados por Frank Herbert, Philip José Farmer, Isaac Asimov, Alfred Bester, Philip K. Dick… con esto llego al punto de partida de este escrito. Durante ese proceso, mi padre fue capaz de estar atento a mis intereses solitarios, y, de hecho, empezó a pedirme los volúmenes que conseguía en las librerías de viejo. Hay quienes no saben que José Agustín es un lector voraz. Su fama de adicto al rock y de héroe contracultural que cayó en la prisión de Lecumberri lo aleja del estereotipo de un intelectual. Pero durante esos años me di cuenta de su rapidez como lector. Al principio me veía con el grueso ejemplar de *Dune* en la mano, y me decía: "cuando termines ese libro, me lo pasas". Pero pronto sucedió que él estaba más adelantado que yo en cualquiera de las sagas fantásticas, y en justicia leyó muchos más libros que yo de cualquiera de mis autores favoritos. Llegó un momento en el cual prácticamente tenía que conseguir libros de ciencia ficción para que él los leyera.

En *La panza del Tepozteco* hay algunas marcas grabadas por el espíritu de esos años. En alguna medida, fue un homenaje que José Agustín hizo no sólo a sus hijos, sino a cualquier niño o adolescente imaginativo y un poco solitario, a cualquiera que necesitara de la imaginación para seguir adelante en un mundo ácido y lleno de contradicciones. En esta pequeña novela mi padre incrustó la pasión por la fantasía que nos unía como familia, y también sus intuiciones místicas, su conocimiento de las tradiciones espirituales y su amor por los territorios donde la magia colinda con lo onírico en el vasto mundo de la simbología literaria. Durante sus noches de intensa escritura, reelaboró todas estas influencias hasta combinarlas con los vestigios arqueológicos y los mitos vivientes de la tradición mexicana prehispánica. *La panza del Tepozteco* es un territorio de juego, pero trata, al mismo tiempo, acerca del juego de lo real: el juego que permite transformar lo real mediante el ejercicio de la imaginación. De tal manera que José Agustín realmente disfruta subirse al tren de los hijos, como García Márquez. Pero una advertencia: mi papá no respeta las reglas, y cuando sube al juego suele dirigirse a la locomotora para acelerar la marcha.

LAS OREJAS DE JOSÉ AGUSTÍN

Por Ana Romero

La *panza del Tepozteco* se publicó en 1992. No es tan difícil contar los años que tiene de haber llegado a este mundo, lo que es imposible de calcular es el número de lectores para quienes ha sido la puerta y la llave del laberíntico e infinito camino de la lectura.

Sí, la puerta y la llave. Sé por experiencia que es ambas cosas porque la primera vez que alguien lee un libro de José Agustín, lo más común es que diga "ah, jijo". O alguna otra variante de la frase menos apta para todo público, de ésas que se suelen soltar cuando los lectores encontramos el libro-amigo que la vida, cuando es bondadosa, tenía preparado para nosotros. "Ah, jijo, ¿por qué nadie me había avisado que con la literatura también se puede jugar?", dicen los más platicones, como yo, a quienes dos palabras (con o sin groserías) no nos bastaron para completar el elogio.

Mucho se ha hablado de las virtudes literarias de José Agustín, pero me limitaré a hablar de sus orejas: nadie oye como él.

Las primeras páginas de *La panza del Tepozteco* son una inmersión profunda en esa *nada*, juguetona y trágica, que es la adolescencia. Érika, Selene, Alaín, Tor, Homero, Indra y Yanira hablan como habla la chaviza mexicana, ¿y qué tiene eso de particular? Lo tiene todo, porque hace treinta años, buena parte de la literatura infantil y juvenil que llegaba a este país venía traducida por unas personas que a lo mejor tenían muy buena intención, pero carecían de orejas o nunca las usaron para lo que José Agustín las usa: para oír a los demás.

Sin condescendencias ni didactismos, sus personajes platican. No sueltan diálogos confusos que hablan de ética, historia o virtudes teologales. Platican.

Y eso, que parece tan simple, conlleva una enorme cantidad de oficio, sin duda, pero sobre todo, de humanidad. La obra de José Agustín pone a los personajes y a la historia por encima del escritor. Fácilmente me lo puedo imaginar sentadito en una banca parando oreja, oyendo, viendo, absorbiendo la vida para después narrarla.

Las primeras páginas de *La panza del Tepozteco* son una inmersión y, ya luego, viene un puro gozo buceando entre sus aguas llenas de dioses.

En un punto del libro, uno de los personajes se pregunta por qué diantres no sabemos más de los dioses aztecas. Por qué nadie nos contó que Tezca es un borrachín, que Huitz es un terco insoportable y con mamitis, que a Xipe la moda le importa un cacahuate y que Tlazul y sus hermanas pueden recorrer con los ojos cerrados los recónditos caminos del placer.

Nadie nos lo dijo y la primera vez que leí *La panza del Tepozteco*, comprendí que quizá se debía a la misma razón por la que muchas bibliotecas escolares encierran a sus libros en prisiones de cristal: por miedo.

En México tenemos a la literatura y a los dioses antiguos en un pedestal, ciertamente, pero allá lejos, ¿qué bien pueden hacer? Ninguno. José Agustín, con sus grandes orejas que escuchan, con sus enormes ojos que ven, nos enseña a jugar con las palabras, con las historias, con las deidades.

Y no es falta de respeto sino confianza: se habla de tú a tú con la literatura y, al hacerlo, nos invita a seguir su ejemplo.

En la novela aparecen los nombres de algunos videojuegos, entre ellos *Los inconcebibles laberintos de Borges* y *Los contras*. Yo no sé si me fijé en eso la primera vez que leí el libro, probablemente no. Me faltaba mucha vida y más lecturas (siempre) para poder entender. Lo que sí noté es que Quetzalcóatl, en ese larguísimo viaje que una vez emprendió, no sólo pasó a visitar a otros dioses de su rodada, fue también a Fantasía, a Arrakis, a Trántor, a Terramar, a la Tierra Media, a Narnia... por conocer, fue incluso a ver si lo conocían los hermafroditas que habitan en Invierno.

Esos nombres sí que los noté y luego los apunté en un papelito. Un párrafo de nada que podía caber en una servilleta. Y de ahí nacieron universos, prodigios, sagas, otras vidas y otros mundos. Otros libros. Porque la erudición, cuando no se comparte, resulta pura y dura pedantería. Don José Agustín lo sabe y, claramente, es generoso con su saber.

Es llave, puerta y escaloncito desde donde subirse a mirar lo que a ras de tierra no puede verse: la inmensidad que se oculta en la imaginación.

La panza del Tepozteco es un libro iniciático, pero es, ante todo, literatura escrita por el placer de escribir literatura.

Por todo ello, celebro sus treinta años y su enchulamiento para esta nueva edición y no porque le hiciera falta enchularse, sino porque eso significa que más lectores podrán gozar del clavado, trepar a algún cerro cercano e imaginar que, al menos por el tiempo que dure la lectura, también podemos llevarnos de piquete de ombligo con dioses *buenísima onda*.